阿蘭陀《おらんだ》おせち

料理人季蔵捕物控

和田はつ子

時代小説文庫

角川春樹事務所

本書は、時代小説文庫（ハルキ文庫）の書き下ろし作品です。

目次

第一話　雪消飯《ゆきげめし》

一

霜月《しもつき》の半ば過ぎからぐんと寒さが増して、昼間さらさらと小雪が舞った。師走《しわす》に入ると、夜更けから早朝にかけて雪が降り積もり、目を覚ますと外がいちめんの銀世界に変わっていることもあり、江戸市中は常の年にはない早い冬の訪れだった。

日本橋は木原店《きはらだな》にある一膳飯屋《いちぜんめしや》塩梅屋《あんばいや》の主《あるじ》季蔵《としぞう》は、朝から始めた仕込みを昼過ぎに終えると、身形《みなり》を調え、何日か前に納戸にしまった雪駄《せった》を取りに行った。

――それにしてもこの時季からよく降るな――

外は雪が音もなく降り続けている。地面に降った雪が溶ける程度の降りなら、下駄のままでいいのだが、これほど降ると、下駄の歯と歯の間に雪が詰まり、歩くほどに大きくなって転倒しかねない。草履や草鞋《わらじ》では下から雪水がしみてきてしまう。雪駄は草履のうらに革を張った履物で、文字どおり雪のときの下駄であった。

季蔵は雪駄を履いて、市《いち》ヶ谷《や》にある慈照寺《じしょうじ》へと向かう。慈照寺へ赴くのは二度目であった。以前は季蔵の方から文をしたためて訪れたが、今回は相手からの招きである。向かう先の相手を警戒こそしていなかったが、武士だった昔を思い出させる存在ではあり、当惑に似た気乗りのしない心持ちではあった。

――なつかしいお方ではあるが、今更というためらいは拭《ぬぐ》えない、何用か？――

それもあって、季蔵はこの間、客に出す鴨鍋《かもなべ》を何とか一工夫することを考えることにした。料理を創案しはじめると集中して、他は何一つ考えられなくなる。

すでに鴨は捌《さば》いて薄切りにしてあり、春菊はもとめてある。

――寒さで旨味《うまみ》が増す、せっかくの鴨を入手できたのだから、従来の甘辛醤油《しょうゆ》味の鴨鍋とは異なる、面白味のある汁で味つけたい――

そうは言っても、市中の客たちの多くは甘辛醤油味が好みであった。砂糖や味醂《みりん》を効かせた味噌《みそ》味も人気はあるのだが、もとより甘辛醤油味の比ではなかった。

――いっそ、汁の味以外のもので勝負するか？――

季蔵は干し椎茸《しいたけ》、豆腐、長芋を買い置いてあることを思いだした。鴨料理に欠かせない長葱《ながねぎ》は裏庭の土に根を挿して保管してある。

季蔵の頭の中をすり下ろした長芋がよぎった。

――よし、これだな、雪見鴨鍋――

雪見鴨鍋の段取りが浮かんだ。甘辛醤油出汁《だし》を張った小鍋に、戻した椎茸、長葱、豆腐を一口大に切って入れ、その上に薄切りの鴨を広げて七輪にかける。この間に長芋をすり下ろして、小鍋の具が煮えてきたら春菊の葉と長芋を載せ、山椒《さんしょう》の粉を振って食する。

——贅沢《ぜいたく》な鴨の出汁を無駄にしたくないから——

長芋でどろりとした汁に、茹《ゆ》でた細うどんや蕎麦《そば》を加える。すり下ろした長芋がうどんや蕎麦に絡んで美味である。麺《めん》類がなければ、適量の水で伸ばしたこの汁にご飯を加えてもよい。

——これなら、きっと、鍋一品で、お客様方に、美味《おい》しいものを腹いっぱい食べた気になって貰《もら》えるだろう——

市ヶ谷は慈照寺の前に立った季蔵は安堵《あんど》のため息を洩《も》らした。

尼寺の慈照寺は季蔵の元主家鷲尾《わしお》家の正室千《ち》佳《か》が出家し、瑞千院《ずいせんいん》と名を改め、庵主《あんじゅ》を務めている。

山門から本堂まで雪道を歩いて名乗り、訪《おとな》いを告げると、

「瑞千院様は離れでお待ちになっておられます」

鷲尾の家に仕えている頃《ころ》、何度か顔を合わせたことのある、正室付きの女中が尼の姿で迎えてくれた。もとより太かった眉《まゆ》が雪の色に変わっている。

季蔵はしみじみと歳月を感じた。

「久しくしておりました。良賢尼《りょうけんに》と申します。俗世での名は忘れることにいたしました」

——忠義の女ゆえ、こうして共に御仏《みほとけ》に仕えることにしたのだろう——

季蔵は良賢尼に案内されて瑞千院の待つ、離れの客間へと渡り廊下を歩いた。

「よく来てくれました。さっ、こちらへ」

瑞千院は上座には座っておらず、座布団が向かい合う形で置かれている。

「すっかりご無沙汰《ぶさた》申し上げております」

季蔵は入り口近くに座ると深く頭《こうべ》を垂れて両手を突いた。

「髪を下ろしたのですから、本当は読経や写経三昧《ざんまい》の日々を送るべきなのかもしれませんが、それだけでは誰《だれ》の助けにもなりません。こうして生きている以上、少しでも人のためになりたいというのが、鷲尾の屋敷にいる時からの思いでした。これには鬼籍に入られた殿もご承知くださっていましたので、お許しいただいているものと思っております。それもあって、わたくしは市中の出来事や噂《うわさ》には詳しいのですよ。市中に美味しい料理を広める塩梅屋の主の名が季蔵だと聞きました。良賢尼に頼んで木原店へ向かわせ、噂に高い塩梅屋を覗《のぞ》かせたのです。良賢尼は飛んで帰ってきて、〝あの堀田季之助《ほったとしのすけ》に間違いございません〟と言うではありませんか。そなたの活躍ぶりのまあ、何とうれしいこと――」

瑞千院は持ち前の鈴が鳴るような美声を響かせつつ、艶《つや》やかな顔に穏やかな笑顔を浮かべ続けている。

――少しもお変わりにならない――

季蔵はとうに四十歳を越えている瑞千院の若々しさ、明るさに感嘆した。

――あのような悲惨な出来事があったというのに――

季蔵の元主鷲尾影親《かげちか》は長崎奉行をも務めた逸材であったが、正室であった瑞千院との間に子はなく、側室が生んだ二人目の男子、影守《かげもり》が嫡子とされていた。

ところがこの影守は強欲で歪《ゆが》んだ心根の持ち主であり、季蔵の許嫁《いいなずけ》瑠璃《るり》を横取りして側女《そばめ》にしただけに止《とど》まらず、己の欲望のなせるまま、一刻も早く鷲尾家の実権を握ろうとした。実父影親を招いた雪見舟の中で毒殺しようと謀ったのである。

影守の邪悪さに気づいていて、なかなか後を譲らずにいた影親は、毒杯を呷《あお》らせられながらも応戦し、血のつながった父子が殺し合う結果となった。

――あの場に居合わせていた瑠璃は、心に深く傷を負って正気を失ってしまった――

「恐れ入ります」

頭を上げないでいると、

「それでは――」

相手は控えていた良賢尼に目配せした。

「今すぐに」

立ち上がった良賢尼はほどなく、雪消飯《ゆきげめし》が丼《どんぶり》に盛られた昼餉《ひるげ》の膳《ぜん》を運んできた。後ろには神妙な表情で季蔵の膳を掲げ持つ、若い女が続いている。

若いだけではなく、洗いざらしの粗末な木綿の着物姿であっても、ぱっと目につく美貌《びぼう》の持ち主だった。

「あの者は桃江《ももえ》といいます。二十日ほど前、この寺の前で倒れていたのです。それ以来、ずっとここにいます」

瑞千院はその若い女に向かって微笑《ほほえ》んだ。

二人が下がると、

「わたくしの昼餉につきあってください。早くここへ来てお座りなさい」

瑞千院は箸《はし》を手にした。

「ありがとうございます」

恐れ多いとは感じたが、季蔵は瑞千院と向かい合った。

「このところ、まだ師走だというのに雪がよく降るでしょう？　市中の人たちは掛け取りや、もう少しすると引きずり餅《もち》などで忙しい時なのに、こう雪ばかりでは足元が悪くて厄介だと思いました。それで今日は雪消飯を拵《こしら》えてみたのですよ。もちろん、雪もほどほどにしてほしいと願って、本堂においでの仏様方にもさしあげました」

瑞千院は師走の市中の様子について、やや得意げに披露しながら、器用な手つきで箸を遣い雪消飯を一口啜《すす》った。

ちなみにツケで買っている顧客のところへ、商人《あきんど》が集金に回るのが掛け取りであり、餅米を持ち寄るだけで、大道に特大の臼《うす》が設《しつら》えられ、最安値で正月の餅にありつくことのできる引きずり餅は賃餅とも呼ばれ、家に臼も杵《きね》もない人たちには有り難い風物詩であった。

「いただきます」

箸を取ってみて、はじめて季蔵は空腹だったことに気がついた。

――三吉《さんきち》はひどい風邪をひいて休んでいるし、おき玖《く》お嬢さんも風邪をひいた蔵之進《くらのしん》様の看病で休んでいるから仕込みに忙しく、慌ただしく店を出たので、うっかり、昼餉を食べそびれていた――

雪消飯は豆腐をうどんのように細長く切り、水、酒、醤油で煮て大ぶりの飯碗《めしわん》に入れ、たっぷりのおろし大根を載せて、その上に湯取り飯をふわりと盛って仕上げる。

湯取り飯とは粥《かゆ》に似て全く非なるものである。たっぷりの水に、洗っていない米を入れて沸騰させ、米を笊《ざる》に上げて湯を捨てる。笊の米を蒸籠《せいろ》で蒸し上げる。これには炊いた飯とも異なる独特のしっかりした歯応《はごた》えがある。口の中で豆腐と出合った際には、雪粒を含んだかのような食感がある。

「まさに雪消飯ですね」

載せられているおろし大根も湯取り飯も雪のように白く、味のついている豆腐の茶色を隠しているように見える。雪消飯は舌の上で雪が消える感じの食感だけではなく、いちめんの雪が土を覆い尽くして一瞬消し去るという、見栄えの美しさにまで気が配られている。

二

雪消飯のもてなしの後、ほうじ茶が運ばれてくると、

「実は頼みたい事があって、そなたに来てもらったのです」

柔和な表情で瑞千院は切りだした。

「何用でございましょう？」

緊張が走って、季蔵は急に昼餉がおさまっている胃の腑《ふ》のあたりが重く感じられた。

「まあ、そう怖がらなくともよい」

瑞千院は困惑気味に微笑んで、

「殿が御存命の時からわたくしが御仏を尊び、菩提寺《ぼだいじ》の明林寺《みょうりんじ》で行われるお助け衣に力を貸していたことは承知していますね？」

季蔵に相づちをもとめた。

明林寺のお助け衣とは、事情があって路頭に迷った女子どもをしばらく預かって、衣食住に困らないように力を貸したり、長く見守って、とかく身売りに走りがちな母親の職探しや子どもの手習い等、何くれとその後の暮らしを支援する援護会であった。もっとも大きな支援の形は店賃《たなちん》や食費の支給である。

「長崎奉行を務められた殿は、さぞかし富を得たろうと、世間ではいろいろ取り沙汰されていましたが、あの職を得ていたからこそ、お金のかかるお助け衣をなさることができたのです」

瑞千院の言葉に季蔵は大きく頷《うなず》いた。季蔵の知る限り、明林寺のお助け衣のような慈善は市中広しといえども行われていない。

――遊興に走っていた嫡男の影守が、血のつながった影親様を早々と亡き者にしようとしたのは、このお助け衣に貯《たくわ》えが流れていたことを、快く思っていなかったせいかもしれない――

ちなみに役職としてはそう地位が高くもない長崎奉行が、旗本たちの垂涎《すいぜん》の的で、富の権化のように言われるのは、赴任地長崎で、異国との交易を一手に取り締まる権限ゆえであった。異国人をも含む商人たちが、我先にとばかりに、挨拶《あいさつ》と称しては賄賂《まいない》を届けてくるのである。

「自分から長崎奉行になりたがったわけではない、生真面目《きまじめ》な殿は、お役目とあって、返すに返せない付け届けに頭を悩まされておいででした。それで、わたくしが意に染まない付け届けの一部を、恵まれない女の人や子どもを助ける手立てにしたらと申し上げたのです。そこで殿は明林寺にお助け衣を置いて、言い出したわたくしにお任せくださいました。お助け衣はまだ続けられています、ただし、殿亡き後、鷲尾家は甥御《おいご》の影光《かげみつ》殿が当主とおなりで、お助け衣のために無心などできるはずもなく、細々とですが――」

瑞千院は大きくため息をついた。

――あの時の影親様が我が子と刺し違えたのは、名門の鷲尾家を守りつつ、長年連れ添ってきた奥方様を守りたい一心だったのだ。そうしていなければ、いずれ影守は金のかかるお助け衣を潰《つぶ》すために、瑞千院様にまで魔の手を伸ばしたに違いない――

「わたしにお手伝いできることなどあるとよろしいのですが――」

お助け衣のために役立ちたいのはやまやまだが、金を出すのはまず無理だとやや情けなく思いつつ、季蔵は瑞千院の顔を見上げた。

「是非とも手伝って貰いたいことがあるのです」

瑞千院の表情が前にも増して、ぱっと光が射したように明るくなった。

「今のわたしで手伝えることといったら、料理ぐらいしかございません」

季蔵が言い切ると、

「こちらが望んでいるのは、鷲尾影親に仕え、今は塩梅屋の主となっているそなたです」

瑞千院の美声がよく響いた。

「塩梅屋の主ではありますが――」

――鷲尾家に仕えていたことと、わたしの料理とどこに関《かか》わりがあるのか？――

皆目見当がつかず、季蔵は不安そうに瑞千院の目を見た。許嫁に横恋慕した影守の奸計《かんけい》に嵌《はま》り、自害を余儀なくされて鷲尾家を出奔、以来、生家では季蔵は死んだものとされ、家督は弟が継いでいる。よもや両親《ふたおや》の死に目に会えるとも思っていなかった。

そこまでの事情ゆえ、鷲尾家に仕えて堀田季之助と名乗っていた事実は、今更、思い出したくもなかったし、誰であっても、蒸し返されたくなどなかったのである。

「塩梅屋は一膳飯屋で、わたしはただの料理人です」

季蔵が声を強《こわ》ばらせると、

「わかっています」

瑞千院は大きくゆったりと頷くと、

「まずは、昔、共に食したタルタのことをそなたに思い出してほしいのです。それから亡き殿の書き記した阿蘭陀《オランダ》料理を元に、これらをお重に詰め、女正月向けの御節供《おせちく》料理として作って貰いたいのです」

あろうことか季蔵の前に深々と頭を垂れた。

女正月とは小正月ともいわれ、睦月《むつき》（一月）十五日を指す。

「こ、困ります」

季蔵は慌てて、

「どうか、お手をお上げになってください」

とても瑞千院の方を見ることができずに、知らずと自分の方もまた頭を下げていた。

「それでは引き受けてくれるのですね」

頭を上げた瑞千院は念願が叶《かな》った無邪気な笑みを向けてきた。

「タルタなるものは覚えております」

タルタ（タルト）はまず、牛酪《ぎゅうらく》（バター）を小麦粉に練り込んで生地を作り、しばらく休ませ、打ち粉をした俎板《まないた》の上で大きめの皿に合わせて丸い形に伸ばす。これを二枚作っておく。一枚を皿に押しつけるようにして敷く。

生地を休ませている間に、茹でて裏漉《うらご》しした唐芋《からいも》（さつまいも）、または南瓜《かぼちゃ》に牛酪と砂糖を加えタルタの中身を作る。唐芋と南瓜を二層にすると、甘味に深みが出る。

これらの中身で生地が敷き込まれている皿を埋め、残してあった生地の縁を水で濡《ぬ》らして蓋《ふた》をし、水で溶いた卵の黄身を塗り、箸でぽつぽつと花などの形を模して小さな穴を空け、蒸気の逃げ道を拵えてから焼き上げる。

鷲尾の家の厨《くりや》には長崎から取り寄せた大きな石窯《いしがま》があり、年に一度、いくつものタルタがこれで焼かれて家臣たちに配られていた。

──タルタは瑠璃の大好物だった。毎年、どんなにか、これが配られるのを楽しみにしていたことか、わたしの分まで食べていた——

タルタを食べていた時のうれしそうな瑠璃の顔が、一瞬、季蔵の頭をよぎった。口元が緩みかけたことに気がついて、

——いけない——

咄嗟《とっさ》に唇を嚙《か》みしめた。

季蔵は探し当てられてしまったが、瑠璃は雪見舟で影親、影守親子と共に食べ物に中《あた》って亡くなったものとされている。

正気を失い、南茅場町《みなみかやばちょう》で養生している事実は、心配をかけたくないという思いで、瑞千院にはまだ、話していなかった。

「タルタに何かよい思い出でも？」

瑞千院に訊《き》かれた。

「珍しい美味でしたので、毎年、わたしも瑠璃も待ち遠しかったものです」

「瑠璃も息災なのですね」

瑞千院は声を弾ませた。

「はい、おかげさまで達者にしております」

大きく頷いた季蔵に、

「あのような丸くて大きなタルタが二十個ほど要ります」

ほっとため息をついた瑞千院はさらりと言ってのけた。

「一つ、二つなら、火加減さえ気をつければ鉄鍋で間に合いますが――」

季蔵が首をかしげると、

「実は影光殿にお願いしたところ、鷲尾の厨で今はもう使われていない石窯を、ここにいただけることになりました。あの石窯なら沢山タルタが焼けるでしょう。他の料理も石窯さえあれば百人力ですよ、きっと。そうそう、殿が遺《のこ》されたものを整理していて、こんなものが見つかりました」

瑞千院はあらかじめ用意してあった影親の日記を広げて季蔵に見せた。それには以下のようにあった。


本日、阿蘭陀商館での正月に招かれる。紅毛人の胃の腑はこちらとはつくりが違うらしく、次々に平らげていく。こちらは三種もある味噌汁だけ啜って後は土産に詰めてもらう。呆《あき》れるほどの豪華さだが、薬食いでもある肉料理は、滋養もあるので、奉行所内で家族に病持ちがいる者たちに、珍しい風味の菓子は幼い子どものいる者たちに、それぞれ分け与えた。

大蓋物　スープ（味噌汁）　鶏肉《とり》かまぼこ、玉子、椎茸
大鉢　前菜　蛤《はまぐり》の潮煮《うしおに》、鯛《たい》、あら、ひらめの刺身
鉢　牛股《もも》（牛もも肉）の油揚
鉢　牛脇腹肉《わきばら》（牛バラ肉）の油揚
鉢　豚肉の油揚
鉢　焼豚
鉢　野猪《やちょ》股（猪もも肉）の油揚
蓋物　スープ（味噌汁）牛、牛骨
蓋物　スープ（味噌汁）鼈《すっぽん》、木耳《きくらげ》、青ねぎ
鉢　野鴨の丸焼き
鉢　豚のすり肝の腸詰
鉢　すり合わせた牛豚肉の腸詰
鉢　ボートル（牛酪）煮の阿蘭陀菜
鉢　ボートル（牛酪）煮の人参《にんじん》
鉢　ボートル（牛酪）煮の蕪《かぶ》根
鉢　燻製《くんせい》の豚
鉢　燻製の鮭《さけ》
菓子　紙焼カステーラ　タルタ　カネールクウク（シナモンクッキー）　ケイク（丸焼カ

ステーラ）

三

「菓子は別に籠《かご》入りにして、阿蘭陀正月の料理を拵えて重箱に詰めてほしいのです。数はタルタと同じ二十組ばかり。重箱は蓋や箱の絵柄の松葉が沈金の技法で描かれた五段重です。永田屋《ながたや》が揃《そろ》えてくれたのです」

瑞千院は願い事の先を続けた。

「永田屋さんの漆器といえば、上等の漆を惜しげもなく使ってあるので、孫子の代まで受け継ぐことのできる良品だと、誰もが太鼓判を押しています。将軍家や大名家からの注文も多く、品よし、されど値よしで今や庶民の手は届きにくくなっています。大店《おおだな》などでも跡継ぎや娘さんの婚礼の時に頼むぐらいでしょう。その永田屋さんの沈金を用いた五段重が二十組ともなると――」

正直、季蔵は瑞千院の懐《ふところ》具合が案じられた。

「そんな不安そうな顔はしないでほしい。たしかに今のわたくしの暮らしぶりでは、このような物をもとめることなどできはしません。ですから、沈金使いの五段重二十組はいただきものなのです」

瑞千院はふふっと笑いかけて、淡々と先を続けた。

「永田屋十兵衛《じゅうべえ》は殿が長崎奉行を務めていらした頃、つきあいのあった江戸の商人です。

殿が便宜をはかってさしあげたおかげで、割のいい商いが長崎でできたことをずっと恩義に感じてくれていました。質のいい漆器はあちらの人たちにたいそうな人気があるのです。永田屋の内儀は明林寺でのわたくしのお助け衣に、いの一番に名乗りを上げた一人で、殿が亡くなった今でも、夫ともども忠義立てを怠《おこた》らないのです。何とも有り難いことではありませんか」

「お助け衣には永田屋のお内儀《かみ》さんのような方々が、他にもおいでなのですか？」

「佐賀屋《さがや》の陶磁器も漆器と同じか、それ以上に人気があるようでした。佐賀屋の内儀もお助け衣入りの一番手の一人でした」

「こちらから売る時だけではなく、買い付けでも殿は便宜をはかられたのでは？」

「もちろんです。生糸屋の繭屋《まゆや》、絹織物屋の羽衣屋《はごろもや》、砂糖屋の南蛮屋《なんばんや》、香木を扱う摂津屋《せっつや》、市中の鮫皮《さめがわ》売買に抜きん出てきた新興のさめ善《よし》、胡椒《こしょう》や生薬等の品数がとび抜けて多い、薬屋の一番屋《いちばんや》。どの店も殿に受けた恩義を忘れず、忙しい主に代わって、内儀たちがお助け衣を何とか続けようと働いてくれているのです。これまた御仏のお導きとは申せ有り難いことです」

瑞千院は両手を合わせてしばし瞑目《めいもく》した。

季蔵は瑞千院が目を開くのを待って、

「わたしの考えが間違っていたらお許しください」

前置いてから、

「失礼ながら、お助け衣は貯えに窮しているので、永田屋の豪華な五段重に阿蘭陀正月の料理を詰め、阿蘭陀菓子の入った籠を添えて、女正月用にお売りになるおつもりなのでは？」

回りくどい言い方はしなかった。

「その通りです」

瑞千院は笑顔で頷いた。

「いったいおいくらでお売りになられるのです？」

そもそも女正月は暮れから新年にかけて、忙しく立ち働いた女たちの骨休めである。実家のある嫁はたいてい里帰りする。金のかかる風習でもないし、何より、ほとんどの人たちが食べ慣れない阿蘭陀御節供料理が、里帰りの手土産にふさわしいとはあまり思えない。

――売れるのだろうか？――

「菓子を入れる大きな籠は摂津屋が、特別にほんのりといい香りがするクロモジで編むとのことですし、風呂敷《ふろしき》は羽衣屋が染めを京に出すと張り切っていますので、一包み三十両」

――三十両!!――

季蔵は軽い眩暈《めまい》に襲われた。

「まこと三十両でございますか？」

念を押すと、

「すでに注文は取り付けてあります。女正月は単なる便法ですよ。客人が多かった新年の疲れを、家族揃って、この滋養豊かな阿蘭陀御節供料理で癒《いや》したいのが本音でしょう。ですので女正月が終わった後に間に合わせてください。ただし、どこの誰が注文しているとまでは申せません。誰しも、食べることほど充実した楽しみはないというのに、分不相応だとか、上様のお膝元《ひざもと》で阿蘭陀料理とは何事だと責め立てる、うるさい方々も多いので。これればかりはどこの誰とは申せませんけれど――」

瑞千院は僅《わず》かに眉を寄せた。

「申しわけございません、わたしには、それほど値打ちのある阿蘭陀御節供料理を拵える自信はございません。これればかりは、どうか、お許しください」

季蔵は率直に断りを口にして、座布団からおり、額を畳にこすりつけんばかりに平身低頭した。

――重箱や籠、風呂敷がどれほど立派でも、肝心の料理や菓子の味が伴わなければ、嗤《わら》い者になりかねない。塩梅屋の名まで貶《おとし》めてはとっつぁんに申しわけが立たない――

「決意は固いようですね」

瑞千院はやや重いため息をついて、

「それではいったい、どこの誰に頼んだらよいのでしょうか」

切なげに呟《つぶや》いた。

――出島くずねり（阿蘭陀商館勤めの日本人料理人）が、上様への挨拶に訪れるカピタン

（阿蘭陀商館長）使節に随行しているから、頼み込めば訊くことはできるが、女正月までの間には来ない。芝蘭堂《しらんどう》出入りの者ならわかるかもしれないが、蘭学かぶれとお上に目をつけられても困る。文人墨客たちが集まってくるというあの料亭八百良《やおりよう》なら、底知れない料理の引き出しから、阿蘭陀御節供料理を出してきてくれるかもしれないが、あそこは玉川に水を汲《く》みに行くと言って、茶漬け一杯に途方もない金を取る。八百良に頼んでは、せちがらいこんな世の中だからこそ、決して、絶えてほしくない、お助け衣の貯えを作ることはできないだろう――

次第にいたたまれない気分になってきた。

――しかし、わたしの阿蘭陀料理といえば、なつかしさに駆られて、一度タルタを拵えただけだ、これだけではとても請け負えない――

時を見計らって辞そうとしていると、

「よろしいでしょうか」

廊下から声が掛けられた。

瑞千院が応《こた》えると、

「よいですよ、どうぞ」

障子が開けられて、先ほど良賢尼と一緒だった桃江が、替えのほうじ茶の載った盆を手にして立っていた。顔色はよくない。やっと何とか畳に崩れ落ちないでいるようにも見えた。

震える手で湯呑《ゆの》みを取り替え、よろめく足どりで出て行こうとする桃江に、

「そうでした」

瑞千院は独り言を洩らした後、

「そなたに訊きたいことがあります」

引き留めた。

「もしかして、そなたは阿蘭陀正月の料理を知っているのではないかしら?」

瑞千院はじっと桃江を見つめた。

見つめられた桃江は大きく首を横に振って、

「知りません」

「でも、倒れていたそなたは、たしかに阿蘭陀正月と繰り返し言いましたよ。良賢尼もちゃんと聞いています」

「知りません、あたし、何も思い出せないんです」

とうとう桃江は項垂《うなだ》れて泣き声を洩らした。

瑞千院は鈴を鳴らして良賢尼を呼ぶと、

「桃江を休ませるように」

部屋へ連れ帰るように言った。

良賢尼の方は、

「よほど辛《つら》い目に遭ったのか、なぜか、常にびくびくと怯《おび》えていて、休むようにと言っても休まず、おぼつかない様子で雪かきや掃除を手伝おうとするんです。そうしていないと落ち着かないみたいで。わたしたちが助けたことも含めて、人の厚意を心底では信じていないのかもしれません。行き倒れにはありがちなことですけれど――」

労《いたわ》るようにそろそろと桃江を立たせた。

良賢尼に助けられて、廊下へと出て行く桃江に、

「ごめんなさい、わたくしが問い詰めたように感じたのですね、許してください」

瑞千院は詫《わ》びた。

二人が下がった後、

「今の女《ひと》と阿蘭陀正月のことをお話しいただけませんか？」

季蔵は訊かずにはいられなかった。

――記憶を失っているという点では瑠璃と同じだ――

「あの娘は、雪でも降りそうなぐらい寒い日に山門の前に倒れていたのです。駆け付けてみると眠っているようにも見えました。あのままもう少し時が経《た》っていたら命はなかったでしょう。良賢尼たちが気がついて寺の中へと運び込み、身体《からだ》を温めて、気がつくまで皆で交替で看病したのです。幸いにも気を取り戻しはしましたが、自分の名さえ覚えてはおらず、桃色の山茶花《さざんか》が見事な時でしたので、良賢尼が桃江と名付けたのです。それと、これはこちらからは、決して本人には告げまいとは思っていますが、胸元に石見銀山鼠取り《いわみぎんざんねずみと》（砒素散《ひそさん》）を持っていました」

「それでは――」

「死ぬつもりだったのだと思います。良賢尼はお腹《なか》の子がその理由だったのではないかと言っています」

「そのお腹の子は？」

「これも幸い命を拾いました。強い子ですし、仏様の御加護もあったのでしょう。ただし、当人は自分のお腹にどうして子がいるのかわかっていません。当初はお腹の子が動くたびに、不思議そうな顔をしていましたが、そのうちに母親の性《さが》なのか、うれしそうに目を細めているのです。阿蘭陀正月という言葉は、倒れていたのを皆で助け起こした時、呟き続けていた言葉でした。おそらく、その言葉は死のうとしていた時の思いの中にあって、今はもう忘れてしまったのでしょうね」

知らずと季蔵は瑞千院の話に強く惹《ひ》き込まれていた。赤子のことを除けば、あまりに瑠璃の身の上に似ていたからである。

——あの美しい女にいったい何があったのか？　瑠璃とて雪見舟での惨劇の前に、影守の子を身籠《みご》もっていたとしたら、自ら死を選んだかもしれない。阿蘭陀正月の料理を目の当たりにすれば、桃江さんは自分の名や出自を思い出せるのでは？　どんな相手の子であれ、生まれてくる子に罪はない。赤子のためにも試練を乗り越え、強い母親になってほしい——

四

突然、季蔵の頭の中に火腿の一語が浮かんだ。これをハムと読み、懸命に拵えたことを思いだしたのである。

たしか、鷲尾家の勘定方であった五十嵐修一郎《いがらししゅういちろう》が鳥海西伝《とりみせいでん》と名乗って、食通本を書いていて、長崎奉行に任じられた影親の供として長崎に行き、火腿（ハム）を食したと記していた。

これに触発された季蔵は訪れた五十嵐に作り方を聞いて試してみたのであった。

――今までに試した阿蘭陀料理はタルタだけではなかった――

「殿のこの日記に燻製の豚とある阿蘭陀料理は、火腿のことではないかと思います。火腿なら拵えることができると思います」

言い切った季蔵の脳裏から、美しいが弱々しく怯えた桃江の表情が去らず、いつしか瑠璃の白く悲しげな顔に重なった。

――えらく手間がかかったが出来は悪くなかったように覚えている。あの時も今のように寒い時季で、肉を吊《つる》して干すには適しているし、何とかやってみよう――

決意した季蔵に、

「無理を承知でお願いしたというのに、引き受けてくれるのですね」

瑞千院は再び頭を深く垂れた。

この後、元主影親の記した阿蘭陀御節供料理の品書きを、手控え帖《ちょう》に写し終えた季蔵は帰路に着いた。

——これで鷲尾との縁が出来てしまった——

季蔵が不安を覚えたのは、尾行《つけ》られているように思えたからである。ずっと以前、南茅場町の長唄《ながうた》の師匠の家で養生させている瑠璃の元に、鷲尾影守の秘密を知っていると誤解した元配下の者たちが、刺客を送り込んできたことを季蔵は忘れていなかった。

一度振り返ってみたが雪道は轍《わだち》の痕《あと》でぬかるんでいて、それとわかる人の踏み痕は見つけられない。

——きっと、気のせいだろう。鷲尾と聞いて身震いが出そうなのは、わたしとしたことがよろしくない。変わらず毅然《きぜん》としつつお優しい瑞千院様と、せちがらい世に二つとないお助け衣、幸薄い桃江さんのためにここは頑張りどころだ——

季蔵は自分に言い聞かせながら、雪道を塩梅屋へと戻って行った。

三吉は次の日も、またその次の日も出て来なかった。家族中で、ひどい風邪に罹《かか》ったことは知っていたが、案じられるので、そろそろ長屋を訪ねてみようと思っていると、三吉から文が届いた。

おっとう、おっかあは何とか風邪が治って、おいらもよくなってるんだけど、おいらたち、長屋に住んでる年寄りや小さな子に伝染《うつ》しちゃったみたいなんだよね。今まで食べ物とか、みんなにいろいろ世話を焼いてもらったんで、今度はおいらたちが恩返ししなきゃなんない。それでしばらく休ませてもらいたいんです。迷惑かけてすいません。それから、季蔵さんの教えてくれた湯取り飯を病人さんに食べさせたんだけど、とっても喜んでもらえた。炊いた飯とはまた別物でとにかくすごく美味《うま》い。舌の上にあったしっかり形のあった米粒が雪片みたいに溶けちゃう感じなんだよね。その上、葛《くず》だまり、粘だしととっても合うんだ、これが。熱で食の細くなった人たちでも喉《のど》を通る優れ物だってわかった。なもんだから、おいら当分、湯取り飯と葛だまり、粘だし作りに忙しくしてる、ほんとにすいません。

三吉

季蔵様

これを読んだ季蔵はすぐに海鮮屋へと走って青海苔《あおのり》をもとめると、三吉の元へ届けさせた。

諸事情了解。届けた青海苔は食べきれる分だけあぶり、粉にして湯取り飯に載せ、葛だまりか、粘だしをかけて食するとよし。風味がよく美味いだけではなく、弱った身体を治癒させるとっておきの滋味ともなる。

季蔵

三吉へ

ちなみに葛だまりとは葛粉でとろみをつけた餡《あん》を、味噌溜《た》まり（大豆だけで作ったたまり醤油。濃度が高く、塩分が低く、濃厚な旨味がある）で調味したものである。また米の炊き湯（おねば）に塩で味付けすると粘だしになる。

――長く、三吉に休まれるのは痛いな――

季蔵は阿蘭陀御節供料理作りにどう手をつけていいか、迷い悩む日々を過ごしつつ、湯取り飯を使った飯物に興味を惹かれていた。

亡くなった塩梅屋の先代長次郎《ちょうじろう》は、

「近頃じゃ、炊きあがりも値もいい釜《かま》が売られてて、水加減を常より多くして炊き上げても同じだという向きもあるが、これがちょいと違うんだよ」

湯取り飯でなければならないイナダ飯の作り方を教えてくれたことがある。

出世魚である鰤《ぶり》は成長につれて呼び名を変え、イナダ、上方《かみがた》ではハマチとも呼ばれる大きさの幼魚は一尺三寸（約四十センチ）ほどである。

これを三枚に下ろし、身だけを蒸籠で蒸し上げ、薄く塩を振り、熱いうちに細かくほぐしておく。湯取り飯を蓋付きの椀《わん》に盛り、ほぐしたイナダ、葱のみじん切り、浅草海苔を載せて醤油味の清汁《すましじる》をかける。

「イナダは鰤が親だから脂はそこそこのってるが、ちょいと生臭い。だから、しっかり蒸してから使うんだ。イナダも湯取り飯も手間ひまかけるから、イナダ飯は格別なんだよ」

この時、長次郎は出来上がったイナダ飯に一箸つけた後、愛《いと》おしそうに眺めていた――。

――あの時のように、イナダで試してみたいが、こればかりは望んでもすぐに手に入るものではない――

能登《のと》と房総での漁獲が多い鰤は、近海沖を周遊しながら成長していき、この時期はイナダから鰤になりつつある。

そこで季蔵は仕方なく、うずみ豆腐に湯取り飯を合わせてみた。もとよりこれは季蔵の発案で長次郎に教えられたものではなかった。雪消飯同様、豆腐と飯を合わせるのだから、合わないはずはないと思ったのである。

うずみ豆腐には、俎板の上にとって、少しずつ重石《おもし》をかけて水気を切り、大きめの賽《さい》の目に切り揃え、田楽にできる状態にした木綿豆腐の一片が使われる。

これの片面に白味噌と赤味噌を味醂で伸ばして、粉山椒《こさんしょう》で調味した田楽味噌を塗り、七輪または火鉢に渡した焼き網で焦げ目がつくまで焼く。

焼き上げた豆腐は椀に入れ、湯取り飯を天盛りにして勧める。春先は木の芽を添えるのだが、今は冬なので香り高い炒《い》り胡麻《ごま》を振りかけてみた。

――さて食べてみるとするか――

箸に手を伸ばしかけたところで、

「邪魔するよ」

聞き慣れた声と共に岡っ引きの松次《まつじ》が入ってきた。

「お一人ですか？」

たいてい松次は市中見廻《みまわ》りがお役目の北町奉行所定町廻《じょうまちまわ》り同心田端宗太郎《たばたそうたろう》と一緒であった。

「年の瀬ともなると、旦那《だんな》も昼間からいろいろあってさ。田端の旦那は嫌いな方じゃないし」

松次は盃《さかずき》を傾ける仕種をした。

「あればっかしはつきあえねえよ」

田端は酒豪の部類に入るが、松次は下戸である。

「まずは温まってください」

季蔵は手早く、作り置いてある甘酒を湯呑みに充《み》たして、床几《しょうぎ》に腰を下ろした松次の前に置いた。

「今日はいつもの手伝いはいないのかい？」

「長引く風邪に罹ったようです」

「そりゃあ、いけねえや」

両手で湯呑みを抱えながら甘酒を啜っている松次の目は、季蔵が拵えたばかりのうずみ豆腐に注がれている。

「いい匂《にお》いがする――」

松次の腹がきゅうっと鳴った。

「朝から一人で市中を見廻ってるんだが、師走はどこも忙しいから、勧められても奥へは入らねえようにしてるんだ。これでも長きに渉《わた》って、お上《かみ》から十手《じって》を預かってる身だ、まかり間違っても、ただ飯を食うのが狙《ねら》いで来たなんて思われたくないもんな」

松次はぐいと胸を反らして矜持《きょうじ》のほどを示した。

「試しに拵えてみたものなので、一つ、召し上がってみてくれませんか？」

季蔵はうずみ豆腐が入った椀と一緒に箸を松次に渡した。

「そうは言っても、腹は空《す》くもんなんだよな、どれどれ」

箸を手にした松次は一気にうずみ豆腐を胃の腑におさめた。

「いかがです？」

「美味かったよ。あと五椀は食える」

「それではお作りいたします」

季蔵は繰り返し豆腐を香ばしく焼いて、そのたびに湯取り飯を載せ炒り胡麻を添えた。

――空腹がすぎると、とかく味の深みはわからなくなるものだ――

「いかがです？」

さらに訊くと、腹が満ちてきた松次は、

「またかい？　だから、さっきから美味いって言ってるだろ、美味いよ、美味い」

「何かお気づきでは？」

「そう言われてもさ」

松次はすっかり当惑顔になった。

――松次親分は食べ物に一家言ある食通のはずだが――

「これに盛りつけた飯は普段のものではないのです」

とうとう、季蔵が堪《こら》えきれずに言い放つと、

「飯に工夫が凝らされてるってわけか。よし、わかった。それじゃ、あと一椀、代わりを頼むよ。よくよく気をつけて食ってみることにしよう」

松次は神妙な顔で受け応えた。

五

この後、松次の箸はゆっくりと動いて、

「美味いよ、間違いなく。けど、飯だけが特別ってわけじゃねえ。強いて言うなら、田楽味噌焼きの豆腐に合ってる。でも、まあ、飯は飯さね」

季蔵はやや苦い顔で湯取り飯なのだと告げた。

「ああ、湯取り飯ね、なつかしいよ。俺《おれ》の祖母《ばあ》さんの知り合いが多摩に住んでてね、子どもの頃、その婆さんが囲炉裏に鍋を掛けて拵えてたな。思えば蒸籠はあっても、飯炊きの釜なんぞなかったんだろ」

「では湯取り飯に馴染《なじ》みはあったわけですね」

「まあね」

「でしたら、このうずみ豆腐の湯取り飯と、釜炊きのご飯との違いはおわかりでしょう？」

「せっかく苦心したあんたには悪くて、気にかけて食べてみたが、冷や飯を湯で洗って温めたのかなと思っただけだ。これでも美味いんだから、煮て蒸すなんていうめんどうなことしなくても、いいんじゃないのかい？」

松次は申し訳なさそうな顔で本音を口にした。

「イナダ飯でも同様でしょうか？」

季蔵は長次郎に教えられたイナダ飯の作り方を口にした。

「八百良あたりは勿体《もったい》ぶって、違うと言うだろうが、俺は変わらないと思うね。百歩譲っても俺は気がつかない。昔はともかく、今は水加減一つで、硬め、柔らかめとわりに自在に炊ける、いい釜があるってことを認めないとな」

――なるほど、湯取り飯は忘れ去られていく飯炊き法なのか？――

ここで季蔵は勝負に出た。

「では今から、これぞ湯取り飯の骨頂という料理をお作りいたします。どうか、御賞味ください」

「そりゃあ、有り難てえが俺はもう満腹だよ」

松次は膨れた腹をしきりにさすった。

「それでは一口なりとも召し上がってくださるだけで結構です」

そう言い置いて、季蔵はまず切り身の塩鮭を焼いた。鮭は常陸《ひたち》国や北方の国から海路や陸路で運ばれ、江戸に入る。内臓を抜いて一尾丸ごと塩漬けにした塩引きは、師走と正月には欠かせないご馳走《ちそう》であった。

葱を細かく刻み、卵を器に割り入れてよく溶いておく。小松菜は湯がいて固く絞り、飯粒ぐらいの大きさに切り揃えておく。

深い鉄鍋に胡麻油を熱し、葱を入れ、焼いて皮と骨を外してほぐした鮭の身、湯取り飯、溶き卵という順で加えて混ぜ合わせる。最後に小松菜を入れて仕上げ、隠し味に梅風味の煎《い》り酒《ざけ》を少々振る。

「師走菜の花飯と名付けてみました」

季蔵はこれを小さな飯碗に詰めて、皿の上でひっくり返して勧めた。小松菜の緑と卵の黄色が、年が明けて、しばらくしてからしか見ることのできない早春の菜の花畑を想《おも》わせる。

「油で炒《いた》めた飯ねえ。腹が空いてりゃ、飛びつくんだが――残すのは悪いしな」

渋い顔の松次はまだ腹に手を置いている。

「まあ、そうおっしゃらず。気になさらずに残してください」

季蔵に促されて松次はやっと箸を手にした。

一箸を口に運んだ松次は、

「おっ」

金壺眼《かなつぼまなこ》を大きく瞠《みは》って、

「何だ、こりゃあ」

二箸、三箸と忙しく箸を使って、

「こんな軽い飯、今まで食ったことがない。湯取り飯がこんなに軽かったなんて、豆腐の田楽味噌焼きと一緒の時はわからなかった。まるでふわっと口の中で消えちまう雪みたいだぜ。あああああ、勝手に箸と口が動いちまうよ」

二回もお代わりをして、ぺろりと平らげてしまった。

――うどん状にした柔らかで喉ごしのいい豆腐が、雪消飯のすーっと胃の腑へ消える感じに一役も二役も買っているとも思っていたが、湯取り飯こそ、雪片そのものだったのだな。うずみ豆腐でこれをそれほど感じないのは、とにかく、豆腐の田楽焼きが強い味だからだろう。イナダ飯でイナダを蒸して丁寧にほぐすのは、湯取り飯の繊細な食感を台無しにしないためだったのだ――

「ああ、美味かった。湯取り飯も侮れないもんだな」

松次は頭を掻《か》いた。

「今度こそ最後になるメ《しめ》は甘酒でどうでしょう？」

季蔵が微笑みかけると、

「おっ、いいね」

松次が弾んだ声を上げた時、

「お邪魔しやす、田端様からの使いの者です」

走ってきたせいで、額から汗を滴らせている若者が入ってきた。

「田端様が至急、木挽《こびき》町の旅籠《はたご》三浦屋《みうらや》に行くようにと」

「何があったんだ？」

緊張した面持ちに変わった松次の目がぎらりと光った。

「何でも泊まり客が殺されたってことで」

「わかった」

立ち上がった松次は、

「今日は外せない席が続いてて、田端様は駆け付けられねえ。殺しとなると一人よりも二人の方が知恵を絞れる」

季蔵の方を見た。

「仕込みはだいたい終わっていますから、店を開けるまでなら――」

「よし」

今まで季蔵は松次や田端たちに頼まれるか、行きがかりで殺しを主とする事件に関わり、鋭い観察眼と洞察力を駆使して、下手人捕縛に尽力してきている。

「少しお待ちください」

前垂れを外した季蔵は身支度を調え、松次と共に木挽町へと向かった。

「三浦屋さんのお客さんとなると、殺された方も相当なお大尽なのでしょうね」

三浦屋は料理が自慢で、離れの全室が京風の庭に面していることで知られている高級旅籠であった。

「俺はああいう、女将《おかみ》が今にも京言葉を使いそうなところが苦手だよ。だから、訊くのはあんたに任せる」

苦虫を潰したような顔で松次は季蔵に両手を合わせた。

「わかりました」

広大な敷地の中に建っている三浦屋は、大名屋敷を知らなければそうだと思いかねない、豪奢《ごうしゃ》な造りの上、江戸開府以来の伝統もあり、門の前に立っただけで威圧感を感じさせる。

おまけに、

「お上の御用の方々でございますね。この忙しい年の瀬にお役目ご苦労様でございます。ご案内申し上げます」

出迎えた下足番の老爺《ろうや》まで慇懃《いんぎん》無礼な物言いで、笑みを皺《しわ》深い顔に貼《は》りつかせつつ、二人を人目につかない勝手口へと誘った。

——ここなら他の客に伏せることはできるな——

勝手口から入り、老爺の後について、竈《かまど》が十はある厨を抜けて離れへ渡る廊下を歩いていく。

「ここでございます」

障子を開けて二人を招き入れた老爺はさすがにもう笑っていない。

血の匂いが籠もり、小柄な男が仰向けに倒れている。かっと大きく目を見開き、胸には刀で抉《えぐ》られたと思われる大きな穴が空いていて、あたりは血の海である。

季蔵は縁側の障子を開けてみた。京都の龍安寺《りょうあんじ》石庭に代表される枯山水が模倣され、石や岩や水だけを使って自然の形象を表現した庭園に、昨夜から降り出した雪が積もっていた。

「あそこにあんなものがあります」

大小の雪駄の痕が四筋ついている。雪駄だけの痕と赤い血に染まった痕との二筋は共に隣り合っていて、風雅な京風の枝折戸《しおりど》から縁先へと往復していた。

──下手人は二人で一人は足が大きく、もう一人は小さい──

「駆け付けていただいてありがとうございました」

髪に銀色が一筋、二筋目立っている、年配の女が入ってきた。

「三浦屋の女将で寿々絵《すずえ》と申します。ここではお座りいただく場もなく申しわけございません」

普段は気丈なはずの女将も、声を震わせ目を伏せて骸《むくろ》を見ないようにしている。

「亡くなった方について聞かせてください」

季蔵はまず訊いた。

「宿帳には上方は灘《なだ》の蔵元で嵯峨《さが》屋仁右衛門《じんえもん》とお書きになっておられました。おいでになったのは神無月《かんなづき》の初めで、ここで一番よい部屋をとおっしゃったので、うちの庭はどれも京でも名高い庭を模しておりますが、その中でも一番の石庭が見渡せるこの部屋にお泊まりいただきました。三月《みつき》分の宿賃はすでに前払いでいただいております」

「どんな方でしたか？」

「気さくなよい方でした。ただし、お身の上は案じられました」

「なにゆえです？」

「お好きで、どうしても肌身離せないとおっしゃって、太閤《たいこう》（豊臣秀吉《とよとみひでよし》）殿下と利休《りきゅう》（千《せん》利休）様が遺された金根付けをお持ちだったからです」

「根付け？」

「何でも、太閤殿下が利休様に贈るつもりで二点造らせたもので、その機を逸した物とのことでした。どちらも猿《さる》を模したものでしたが、時が過ぎて巡りめぐり、二点とも入手して我が物と出来た、それはまさしく、中年の自分が太閤殿下との時を越えた深い縁《えにし》に守られているのだとおっしゃっていたんです。これだけの謂《い》われがあるとなると、相当の値でございましょう？　それをにこにこ笑って、誰かれかまわずお見せになるので密《ひそ》かに案じていたのです。世の人たちの富への憧《あこが》れは強いですから。でも、ここまでのことになるとは――」

女将は声を詰まらせた。

六

松次は太閤の金根付けの話が出るとすぐに、骸の握りしめた手や懐、両袖《そで》を調べた後、押し入れを開けて柳行李《やなぎごうり》の中身を改めると、季蔵に向かって黙って首を横に振った。

「ああ、やっぱり」

女将のただでさえ青かった顔が一瞬蒼白《そうはく》になった。

「こんなことがあってはと、昼近くになって、朝が遅い嵯峨屋さんを起こしに行った者が、あわててわたしに報《しら》せに来た後、この部屋には誰も入れないようにしていたんです。実はわたしも入るのは今が初めてです。金根付けのことは、三浦屋の者たちなら誰でも聞いていますので、皆にあらぬ疑いがかかってはいけないと思いまして——」

「庭先に大小の雪駄の痕がありますので、おそらく、金根付けを狙った強盗の仕業でしょう」

季蔵が庭を指し示すと、安堵した女将は胸を撫《な》で下ろし、いくらか頬《ほお》にも赤味が戻ってきた。

「先ほどの続きをお訊《たず》ねしてよろしいですか？」

季蔵は先を促した。

「はい」

「神無月の初めというと、かれこれもう二月《ふたつき》もお泊まりですね。お出かけになったり、訪ねてくる方はいなかったのですか？」

「三日にあげずお出かけにはなりました。とはいえ、〝どこへおいでですか？〟とお訊ねするようなことは、わたしどもではいたしません。〝江戸は面白いところが沢山あるから飽きないよ、だから今日もちょっとぶらぶらしてくる〟と、出がけに嵯峨屋さんがおっしゃるだけで――。訪ねて来られる方にはご挨拶こそいたしましたが――」

ここで女将は眉を寄せた。

「人品骨柄のよくない相手だったのですか？」

「そこまでは申しませんが。浅草今戸町慶養寺《けいようじ》そばの漬物茶屋みよしの御亭主が三日に一度は漬物を届けに来ていたんです。恰幅《かっぷく》がよくて威勢のいい女将さんも一度はおいでした」

――何と豪助《ごうすけ》とおしんさんじゃないか――

季蔵はこの偶然に驚いた。

豪助は季蔵の弟分で、気性が勝っていて商い上手、寝る間も惜しんで働くおしんが身籠もったのがきっかけで所帯を持った。漬物屋に奉公していたおしんは、その経験を活《い》かし、亡父が商っていた甘酒屋を漬物茶屋に改めていた。豪助は茶屋を手伝いながら船頭を続けている。

「何か、ご迷惑でも？」

季蔵は気になった。

——豪助もおしんさんも、相手によって態度を変えて卑屈になるようなことはないだろうから、ここの女将さんとしてみれば礼を欠いているように感じられたのかもしれない

「迷惑というようなことは何も——。でも、うちではわざわざ、近くの農家に頼んで、京から取り寄せた種で、特別に海老芋《えびいも》や堀川牛蒡《ごぼう》、慈姑《くわい》、九条葱等の京野菜を作って貰ってるんです。夏は伏見《ふしみ》唐辛子《とうがらし》や賀茂《かも》茄子《なす》までも。聖護院《しょうごいん》大根や蕪等は冬の漬物に使います。それなのに、嵯峨屋さんは、うちのよりも、漬物茶屋みよしのものの方がお気に入られたようで、〝江戸へ来たら江戸ものが一番〟なんておっしゃって、〝美味しい、美味しい〟と繰り返すのは、常々あんまりだとは思っていました」

——そこまでの話になると、単にお客さんの好みなのだから、豪助やおしんさんに何の非もないな——

「女将さん、あんた、みよしの主夫婦が怪しいと思っちゃいないかね」

ずっと黙り通していた松次が初めて口を開いた。

「わたしの口からは申し上げられません。ただ、あのお二人にも、嵯峨屋さんは必ず、金根付けの話をしていたはずです。これは間違いありません」

「他に訪れた客はありませんね」

季蔵は念を押し、

「ございません」

きっぱりと女将は言い切った。

夕刻間近な上に雪道がぬかるんでいるので、骸の運び出しは明日の朝になるだろうと松次が告げると、

「まあ、そんなに長くここに骸が置かれたままになるなんて――」

女将の目尻《めじり》が吊り上がった。

帰り道、

「豪助とおしんにはあんたから訊いてくれ。ただし、今宵中だ」

松次に頼まれた季蔵は、塩梅屋に戻るとすぐに二人に文をしたためた。

――親分がすぐに番屋に引き立てないのは、わたしが二人と親しいだけではなく、信じてくれているからだろう――

嵯峨屋仁右衛門さんが殺《あや》められた。至急、折り入って訊きたい旨あり。今宵、亥《い》の正刻（午後十時頃）過ぎに塩梅屋で待つ。
季蔵
豪助様
おしん様

亥の正刻を少し過ぎた頃、豪助とおしんは塩梅屋の離れで季蔵と向かい合っていた。

すでに季蔵は二人が離れの上がり口で脱いで揃えた雪駄二足をそっと確かめている。——小柄な割りに豪助の足は大きく、おしんさんは案外可愛《かわい》い足をしている。これで三浦屋の庭の足跡が男女だったかもしれないことはわかったが、二人が下手人ではないという決め手にはならない——

座敷にぷんと強い甘酒の匂いが漂っている。おしんがこのところ、自分のところの漬物茶屋で評判がいいという、甘酒漬けを手土産に持参してきたからであった。

「俺たち、仁右衛門さんと親しくして貰ってたし、金根付けも知ってたから、疑われてるんだろ？　こんな時に手土産どころじゃないって言ったんだが、こいつがどうしてもってきかなくて——」

豪助の表情はやや疲れ気味であったが、

「だって、あんた、あの仁右衛門さんはそもそもがべったら漬けに目がなくて、うちの甘酒漬けが大好きだったじゃないの。あたしたちだけじゃなしに、下手人探しに加わってる季蔵さんに食べて貰えれば、せめてもの供養になるじゃない？　下手人だってすぐに見つかるわよ」

強気なおしんは威勢がよかった。

一本ずつ四等分した大根は皮を厚めにむいてから、縦半分に切って、塩をまぶし、一日ほど寒いところで寝かせてから、水気を切り、甘酒を注いで二、三日置くと、甘酒漬けのべったらになる。

大根についた甘酒は洗い流さずにそのまま食する。

甘酒漬けのべったらは、砂糖、米、米麹《こめこうじ》が使われ、食べられるようになるまで、十日から十五日はかかる本格的なべったら漬けよりも早く漬け上がる上、特有の淡泊な甘さと繊細な風味の良さが際立ち、さっぱりと清々《すがすが》しい。

「甘酒漬けがすっかり気に入った仁右衛門さんは、あたしが思いついた豆腐の甘酒漬けを心待ちにしてくれてたんですよ。ああ、もうあたし駄目」

おしんがぽろぽろと目から落ちる涙を片袖で拭った。

大皿には甘酒漬けのべったらの隣に豆腐の甘酒漬けが並んでいる。

豆腐の甘酒漬けを作るときは、まず、木綿豆腐に重しをして水気を切っている間に、醤油、甘酒、味醂、酒、隠し味に梅風味の煎り酒を合わせておく。

水気を切った豆腐を、合わせておいた調味料に一晩漬け、切り分けて皿に盛りつけて勧める。

――甘酒漬けを通して、ここまでのつきあいをしていたというのに、疑いをかけなければならないとは何とも――。しかし、その疑いを晴らすためにも訊かなければならない
――

重く沈む気持ちを奮い立たせて、季蔵は幾つかの問いを投げることにした。

「三浦屋の女将さんは、豪助が足しげく、仁右衛門さんを訪ねて出入りしていたと言っているが、どういう経緯《いきさつ》で漬物茶屋みよしのお得意様になったんだ？」

季蔵は豪助の方を向いている。

「俺の漕《こ》ぐ舟に乗り合わせたんだよ。ちょうど客は仁右衛門さんだけで、上方の人にしては江戸言葉が上手《うま》くて、他愛のない世間話をしているうちに、漬物好きだとわかった。それでおしんの漬物茶屋の話になって、俺が〝たいした評判なんですよ〟なんてつい、言っちまったもんだから、〝どうしても食べたい、甘酒漬けのべったらとやらをまずは二日、三日で食べきれる分、宿にしている三浦屋まで届けてくれ〟って注文してくれたんだ。身形は悪くなかったし、三浦屋といやあ、相当な上宿だろ？　ちょいと裕福な年寄りのはったりで、嵯峨屋仁右衛門なんて、いやしねえかもな、なんて駄目もとで届けたら、一番いい部屋に泊まってて、よほど気に入ったのか、もともと細い目を筋にして、〝美味い、美味い〟の連発、この時は〝美味い〟と〝三日に一度、必ず届けてくれ〟としか言わなかった。それだけじゃない、三日分の漬物届けて一両も貰ったのはこれが初めてさ。この後も漬物を届けるたびに一両が続いて、これじゃ、あんまり申しわけないんで、おしんは自分から言い出して、一度だけだけど挨拶にも行った」

豪助の言葉に、

「あたしの不器量な顔を見るなり、仁右衛門さん、〝あんたの顔には漬物の福神が宿ってる。実に立派な顔だ。有り難いその福神を拝みたいから、是非また来てください〟なんて言ってくれてね。まあ、一応、これ、褒め言葉でしょ。仁右衛門さん、思いやりのある人だった。美人だった姉さんしか、器量を褒めなかったおとっつぁんより、よっぽど優しかった。そんなおとっつぁんも、とっくに死んでいないから、仁右衛門さん、新しくできたおとっつぁんみたいで――。お世辞を言わせるのが心苦しくて、あたしは一度しか出向かなかったけど、こんなことになるのなら、もっといろんな話を聞かせて貰いたかった」

頷いたおしんはまた涙声になった。

七

――さあ、いよいよだ――

季蔵は腹を決めて、

「さてここからが肝心だ。嵯峨屋仁右衛門さんが殺された昨夜、豪助とおしんさん、どこで何をしてた？」

単刀直入に訊いた。

「ああそれなら、両国広小路《ひろこうじ》の寄席《よせ》に聴きに行ってたよ。うちはおしんも俺も昼間は忙しいが、夜はそこそこ暇になる。それで昼間の芝居を観《み》るのは諦《あきら》め、子どもの世話は子守に頼んで、二人して寄席通いをしてる」

「寄席で誰か知り合いに会ってないか？」

季蔵は息を詰めた。

――会っていてくれれば、確かな証《あかし》になる――

「隣は長崎屋五平《ながさきやごへい》さんだった。そもそも昨日の寄席は五平さんからの招待だった。師走の顔見せ噺《ばなし》ってぇのが売りの人気のある寄席なんで、寄席に通じてる五平さんが招いてでもくれなきゃ、昼間から木戸の前に並ばなきゃなんない。所詮《しょせん》そいつは無理だから、有り難かったよ」

名だたる廻船《かいせん》問屋長崎屋を営む五平は、二つ目松風亭玉輔《しょうふうていたますけ》という噺家の名があり、一時は親も家業も捨てて噺家になろうとしたほどであった。

——よかった——

季蔵は胸を撫で下ろした。

「長崎屋さんもうちの漬物を贔屓《ひいき》にしてくれてるんです。お忙しいんで、茶屋に立ち寄るようなことは滅多にないんですけど、一度か二度、お奉行様と一緒に寄ってくれました」

おしんが言い添えると、

「そうそう、昨日の寄席には隣にもう一人いたな。堅苦しいんで、やれやれと思ったがあの大入道のお奉行様だった。おおかた、ごり押しして無理やり、五平さんに招かせたんだろうさ」

北町奉行烏谷《からすだに》椋十郎《りょうじゅうろう》は地獄耳を自称する市井通で、大柄であるだけではなく、たいていの相手に警戒を解かせる、あどけない童顔と気さくな物言いの持ち主ではあったが、実はなかなか食えない人物なのである。上は老中から下は物乞《ものご》いまで、人脈の宝庫を持つ一方、表立たずに調べや処罰を行うことを役目とする隠れ者たち、市中に蔓延《はびこ》る悪の掃除屋たちの黒幕であった。

塩梅屋の先代長次郎の裏の顔は隠れ者で、季蔵は店と一緒に裏のお役目も引き継いできている。

この事実を知る者はいないはずだったが、鷲尾父子が殺し合った雪見舟の船頭を申し出た豪助は、季蔵の周囲に漂う暗雲を感知してしまったのか、父親となった今では、前ほどではないが、権力の座にいる烏谷にはいい感情を抱いていなかった。

――しかし、ともあれ、お奉行様にまで会っていたのは何よりだ――

「寄席は五ツ半（午後九時頃）には跳ねたかしらね。その後、長崎屋さんが小腹が空いたって言い出して、あたしたちもそうだねということになって、近くのお茶漬け屋に入ったんです。かける熱い煎茶《せんちゃ》は風味が豊かでよかったんですけど――。漬物がね」

「こいつ、そこの親爺《おやじ》と話し込んじゃって、結局、これからみよしの漬物を納めることになったんだ。長崎屋さんはこいつの商魂を褒めてくれたけど、こっちは恥ずかしかったよ」

豪助は苦虫を嚙《か》みつぶしたような顔をしていたが、目は笑っていた。

「だから、その店を出たのは四ツ（午後十時頃）は過ぎてたな」

「さすが、おしんさんだ」

季蔵はほっとした。

この後、

「今頃まで起きてると小腹が空くのよね」

おしんがふと呟き、

「それではここいらで夜食にしようか」

季蔵は店から飯の入った櫃《ひつ》を運んでくると、湯を沸かし、大きめの飯碗にさっと湯で洗った冷や飯をよそうと、ほうじ茶を淹《い》れて各々の碗にかけた。

気がついてみると、おしんの土産の甘酒漬けは皿に盛りつけられたまま、まだ誰も箸をつけていなかった。

「やっぱり、漬物にはほうじ茶よね」

おしんの漬物茶屋ではほうじ茶の上物が主で、どうしてもという客の希望があれば、追加の茶代を払って貰って、茶屋の名に恥じない一級の煎茶を出している。

夜食を終えた二人が帰って行った後、季蔵はうたた寝をしてしまい、

「俺だよ」

目の前にぬっと顔を出した松次の声で目を覚ました。

「親分でしたか」

季蔵は慌てて起き上がった。

「店の灯《あか》りは消えてるのに、離れは点《つ》いてるんで、上がり口を見たら男女の雪駄が見えたんで察して外で待ってた」

「お寒かったでしょう？」

季蔵は長火鉢に炭を足した。

「人ってぇのは、情けなくなるほど腹が減るもんだ。昼間にあんなに食わせてもらったのになあ――」

松次は自嘲《じちょう》気味に空腹を訴えて、

「いい匂いがしてるじゃないか」

皿に残っている甘酒で漬けたべったらと豆腐を見つめた。

「あいにく、今は茶漬けしかできませんが」

季蔵はまた湯を沸かし、ほうじ茶の茶漬けを拵えて、

「おしんさんのところの漬物です。適当に摘《つま》んで食べてください」

相手に箸を手渡した。

松次が茶漬けを掻き込んだ後、季蔵は豪助たちの話をした。

「そりゃあ、よかった。長崎屋とお奉行様に証を立てて貰えるんなら間違いねえ」

松次はふうと大きな息をついて、

「ほっとしたついでだ」

季蔵に空になった飯碗を差し出した。

こうして、腹が満ちた松次は横になって鼾《いびき》を掻き始め、季蔵は二人分の夜着を店の二階から運んできた。

このところ、無沙汰だった朝日が射し込んできて目が覚めると、松次の姿はなく、皿も

櫃も空だった。

すっかり世話になった。手伝いが休みで塩梅屋の仕込みが大変だろうから、長崎屋とお奉行様には俺が確かめに行く。それを終えたら、三浦屋にある骸はなるべく早く番屋に引き取るつもりだ。仕込みを終えたら番屋に立ち寄ってくれると有り難い。おしんのところの漬物はたしかに評判通り美味い。

松次

いつものように仕込みを終えた季蔵が番屋へと足を向けると、松次だけではなく、長身瘦軀《そうく》の田端がいた。

「今、三浦屋から運ばれてくる嵯峨屋の骸を待ってるとこさ。あ、いけねえ、嵯峨屋じゃねえかもしれねえんだったな」

松次は頭を掻き、

「松次からくわしく話を聞き、漬物茶屋みよしの主夫婦は下手人ではないとわかっている。だが、ここで一つ腑に落ちぬことがある。仏は上方の大店商人である嵯峨屋仁右衛門というので、灘の酒を含む下り酒問屋仲間の肝煎《きもいり》に調べてもらったところ、嵯峨屋の名はどこにも記されていなかった」

田端は気むずかしげに両腕を組んでいる。

——何と嵯峨屋仁右衛門は騙《かた》り名だったというのか——

季蔵は愕然《がくぜん》とした。

「何か気づいていたことでもあるのか？」

田端が問うた。

「江戸言葉が上手だったと漬物茶屋の女将の亭主が言っていましたが——」

「骸は江戸の者かもしれぬな」

「かもしれませんね」

そこへ番屋の腰高障子が開けられて骸が運ばれてきた。戸板から土間に移されて仰向けに横たえられ、筵《むしろ》が掛けられようとすると、

「そのままでよい」

田端は男たちを帰らせ、

「さて、今からどこの誰ともわからぬ骸を見極めて、どこの誰とわかる手掛かりを探さなければならぬ」

骸のそばに屈《かが》み込み、松次と季蔵もそれに倣った。

「血まみれだが着てるのは上等の大島紬《つむぎ》ですぜ。足袋も帯も上物だ。この男は嵯峨屋仁右衛門でなくてもお大尽ですよ」

松次の言葉に、

「そのようだな」

頷いた田端は懐中を探って、金箔が使われている革の長財布を取り出して中身を検《あらた》め、

「十両も入っているというのに、そのまま残っている。おかしいな、盗《ぬす》っ人《と》たちの仕業なら見逃さないはずだ」

眉間《みけん》に皺を寄せて長い首をかしげた。

第二話　ごぼう餅

一

「天井知らずだっていう、太閤《たいこう》の金根付けが狙《ねら》いだったんで、財布の十両なんて目じゃなかったんでしょうかね」

松次《まつじ》は知らずと田端《たばた》を真似《まね》て腕組みしている。

「わしが下手人なら、十両は見逃さない。そもそも金根付けは売りに出さないと金にはならないしな。いろいろな買い手に掛け合って高く売るためには、すぐに使える銭で当座を凌《しの》いだ方が得策だ」

田端はまた季蔵《としぞう》を見た。

「金根付けと聞いて、どうしても我が物にしたくなった富裕の者が、当人をどう口説いても譲ってもらえないので、直《じか》に手を下して奪ったのなら、松次親分の言う通りでしょう。そうでない場合は、田端様のおっしゃる通りだと思います」

応《こた》えた季蔵は骸《むくろ》の顔をじっと見つめていた。左の太い眉《まゆ》が額に向かって跳ね上がって見える。

懐紙を出して、その眉の部分をこすってみた。

――何かがおかしい――

「えっ？」

松次が思わず声を上げたのは、懐紙につけ眉が剝《は》がれて付いてきたからであった。

季蔵が右の眉にも懐紙を当てると、同じように剝がれ、骸の両眉が無くなった。

季蔵は額の髷《まげ》を軽く指で摘《つま》んで得心すると、

――これもたぶん――

思いきって額からずるりと引き離した。

「何と――」

二人は啞然《あぜん》とし、季蔵の手には、よく出来た町人髷の鬘《かつら》が握られていた。鬘が取り去られた痕《あと》は、額から頭頂部にかけて綺麗《きれい》に剃《そ》られていて、残っている白髪の地毛は後頭部に小さくまとめられている。

季蔵は再び懐紙を頰《ほお》や目の下、鼻、口元に使った。懐紙にうっすらと叩《はた》かれた白粉《おしろい》が滲《にじ》んだ。新しい懐紙を水に浸してもう一度試みる。強くさすって、塗り込められた白粉が懐紙に拭《ふ》き取られた後の骸の顔は、彫りの深いはっきりとした目鼻立ちながら、しみが目立ってかなり年老いている。口中を探ると象牙《ぞうげ》遣いの入れ歯だけではなく、両頰の内側からふくみ綿が出て来た。

この後すぐに、田端が帯を解いて骸を裸にするのを松次が手伝った。絹の褌《ふんどし》が取り除かれると、三人は思わず顔を見合わせた。

乳房こそ垂れてはいたが、骸の腰や四肢はよく引き締まっていて、背中と二の腕に三箇所、目立つ古傷があった。嵯峨屋仁右衛門は老女だったのだ。

――船頭の豪助《ごうすけ》でもここまで鍛え抜かれてはいないだろう――

「茶飲み話や芝居見物で暇つぶしをしてる、大店《おおだな》の女隠居じゃ、到底こうはなりますまいよ」

松次のため息に、

「まるで講談に出てくる忍びの女のようだ。あの手の女は屈強で自在に年齢《とし》を変える」

田端が呟《つぶや》いた。

「ここまで逞《たくま》しければ、襲われて死を前にした時、闘ったはずです」

季蔵は骸の掌《てのひら》を確かめて、

「刃《やいば》を防ごうとした痕がまるでないのが不思議です」

首をかしげつつ告げた。

田端は松次が骸に着物を着せ終えるのを待って、

「これから三浦屋《みうらや》に行くゆえ、同行を頼む」

季蔵を促した。

「まあまあ、ご丁寧に八丁堀の旦那《だんな》まで」

三浦屋の女将寿々絵《おかみすずえ》は、口先と物腰こそ丁寧だったが、うんざりした面持ちでいる。

田端は女将の機嫌など意に介さず、嵯峨屋仁右衛門《さがやじんえもん》について、改めて思い出したこと、不思議に感じたことはなかったかと訊《き》いた。

「昨日申し上げた通りでございますよ。それと旅籠《はたご》の主《あるじ》はたとえ相手がお上《かみ》でも、大事なお客様方について、そうそうお話しすることはできないんです」

女将は田端を睨《にら》む代わりに、松次と季蔵を等しく見遣《みや》った。

「風呂《ふろ》はどうしていたのだ？」

田端がやや高い声で切り込んだ。

——あれだけ化け続けるには、鬘の手入れやら化粧落としやら日々、さぞかし骨を折ったことだろう——

「うちのお風呂をお使いになるようお勧めしたんですが、一度も入ろうとはなさいませんでした。風呂の代わりに行水が好きだとおっしゃり、晴れた暖かい日に限って、水の入った大盥《おおだらい》を庭まで運んでほしいとおっしゃったんです。けれども、今年は冬が早く雪が積もって寒いので、行水が出来ない日が多く、たいていは湯の入った手桶《ておけ》と、手拭《てぬぐ》い数枚をお部屋にお持ちしました。濃い眉がりりしく、見るからに男盛りでお洒落《しゃれ》なお方でしたから、嫌いなお風呂を使わずに身体《からだ》を拭いていらしたのでしょう」

——女将の女の目まで欺いていたのだから見事なものだ——

季蔵は心の中で感嘆した。

「もう一度、骸のあった部屋を見せて貰《もら》うぞ」

田端に命じられ、

「いったい、いつになったら、あそこの畳を替えさせていただけるのでしょうか？　あんなことがあった部屋でも、相応に宿代を下げれば、泊まってくださるお客様がおられるのではないかと――」

女将はすがりつくような眼差《まなざ》しを向けた。

三人は血の痕のある畳の部屋に立った。京の石庭を模した庭の雪が溶けかけている。下手人二人の足跡はぬかるんで見える。

「あれは――」

季蔵は溶けた雪の中から突き出ているものを指差すと、庭に下りてそれを引き抜いて戻った。

「やはり、刀でした」

季蔵が手にしている刀の柄《つか》は、血に染まってはいるが、巻かれた菱糸巻《ひしいとまき》の黒糸の間から、金色に光る菱形が見えた。

「贅沢《ぜいたく》な金鮫《きんさめ》遣いですね」

「今日、下地が金泥ともなると、これは神田は銀《しろがね》町のさめ善《よし》が請け負ったものだろう」

田端が決めつけた。

「塩梅屋《あんばいや》でも重宝させて貰っている、鮫皮おろしのさめ善さんですね？」

——さめ善のお内儀はたしか、瑞千院《ずいせんいん》様がなさっているお助け衣に名乗りを上げた一人だったのでは？——

一代で財をなしたさめ善は、寿司《すし》や蕎麦《そば》には欠かせない、山葵《わさび》の人気と流通に乗って考案された鮫皮おろしで知られている。

そもそもは宮大工が大きな板になめした鮫皮を鋲《びょう》で打ちつけて、材木の表面を加工する際に使っていた。それを、思いついて、山葵を細かくすりおろす道具に工夫されたのが鮫皮おろしであった。

意外にも生山葵を丸囓《まるかじ》りしても辛くはなく、この鮫皮おろしで力を入れず「の」の字を書くように山葵をおろしてこそ、きめ細かく粘りのあるおろし状になって、繊細な香りと辛味が引き出される。

ちなみに牙《きば》を剝《む》く凶暴な鮫ではなく、エイが使われることが多い。それゆえ、鮫皮はどれも白かった。白い鮫皮は刀の柄の下地に使われる。

「武士の刀と共に、鮫皮屋は商いを続けてきているので、とにかく老舗《しにせ》が多い。こうした同業の者たちに、鮫皮おろしの成り上がり者と見下げられるのがよほど癪《しゃく》に触ったのだろう、ここ何年間というもの、さめ善では、白が主流の刀の柄に、赤や黒、銀、青、金泥等、さまざまな色や塗りを工夫している。もちろん他の者たちはこれを邪道と見なして悪口のいい放題だが、泰平の世ゆえ、名刀は使うものではなく、愛《め》でて家宝としたいという客の数は増えている」

田端は刀にくわしかった。

「金泥なんぞを使える客はそう多くはねえはずです。あっしは早速、さめ善に行って、刀の持ち主を突き止めてきやす」

松次は勢い込んで、出て行った。

松次を見送った、田端は何気なく床の間の花活《はない》けを覗《のぞ》き込んで、

「おやっ？」

金糸銀糸の縫い取りがある、女物の守り袋を拾い上げた。

中を確かめると、さめ善、おはんとあった。田端の顔色が変わった。

「さめ善のお内儀の名はたしかおはんだ。行くぞ」

こうして田端と季蔵の二人は松次の後を追う形でさめ善に行き着いた。

さめ善では座敷に通された松次が、主を待ちあぐねていた。

二人の顔を見ると、

「いったい、どうしたんで？」

松次は首をかしげた。

一方、女中に茶を運ばせて、

「すみません、もう少しのお待ちを」

深々と頭を下げた、整った顔立ちの内儀おはんに、

「これに見覚えはないか？」

田端は見つけた守り袋を突きつけた。

「あたしのものです。落として失《な》くしたとばかり思っておりましたが、どうしてこれを田端様が？」

おはんは緊張した面持ちで顔を上げた。

「昨日、斬《き》り殺された嵯峨屋仁右衛門が泊まっていた三浦屋の床の間にあった。花活けの中に落ちていたのだ」

「それではあたしのものではございません」

おはんは言い切った。

「守り札におまえの名が書かれていたぞ」

「あたしは三浦屋なぞに行ったことは一度もありません」

「それでは守り袋が勝手に歩いて行ったと言うのか？」

「ええ」

「そのような、ふざけた物言いは許さんぞ」

田端は声を張り上げたが、おはんは座ったままで、それ以後、一言も発しなかった。

しばらくして、来客を見送った主の善右衛門《ぜんえもん》が、よく肥えた身体で障子を押しのけるようにして入ってくると、

「てまえどもの金鮫の柄の刀のことは聞きました。まさか、他の鮫皮屋たちの嫌がらせで

はないでしょうね。もし、そうだとしたら、こちらも奉行所に知り合いはいるんですよ」

頭も下げず、座りもせずで、傲岸《ごうがん》な上げ面を見せつけてきた。そこで田端がまた、守り袋を取り出してことの重要さを強調すると、

「も、申しわけございません」

真っ青な顔の善右衛門は意外な機敏さで平伏し、

「実はてまえどもは嵯峨屋仁右衛門さんとお付き合いがございます。ここへも何度もおみえになりました」

泣くような声を出して話し始めた。

二

「てまえどものさめ善はもとより老舗ではございません。それゆえ他の鮫皮屋さんからあれこれと謂《い》われない誹《そし》りを受け、鮫皮おろしだけではなく、刀の柄の鮫皮も請け負いたいものだと、いろいろと手を尽くしました。ですがお仲間には入れていただけず、それではもう、我が道を行くしかないと思いました。常々、白鮫と言われている、従来の刀の柄の鮫皮遣いは面白味に欠けると思っておりましたので、工夫できる職人を探して変えてみたのです。黒、赤、紫、青等の染めもそれなりにお客様方に好評でしたが、何と言っても、是非にとおっしゃるのは、金泥、銀泥、わけても、値が張ってもかまわないからという金泥なのです。白泥《びゃくでい》とも言われる銀泥もそれなりに趣きがありますが、月日が経《た》つと黒ずむ

金泥、銀泥とは、純粋もしくはそれに近い金、銀を粉にして膠水《にかわ》（膠が入った水）で溶かした絵具のことである。

「そもそも文を寄越してきたのは嵯峨屋さんの方でした。てまえどもの店の金鮫を上方《かみがた》でご覧になって、いたく気に入っていただいたとのことで、金銀の取り引きをしないかと言ってこられたのです。てまえどもとしては、金鮫の人気は有り難いものの、金の入手に頭を悩ませておりました。高値さえ出せば手に入らないでもないのですが、それでは売値が上がるばかり、他の鮫皮屋たちがこぞって、さめ善は儲《もう》け過ぎていると詰《なじ》ることでしょう。といって、売価を上げずに高い金を使い続ければ儲けが薄くなり、商いになりません。何としても金を安く仕入れたい、その一念で、相手がわざわざ江戸まで足を運んでくれたことを、意気にも有り難くも感じて、嵯峨屋さんと取り引きしようとしておりました」

「嵯峨屋仁右衛門は神無月《かんなづき》の初めから市中に逗留《とうりゅう》している。取り引きは困難を極めたようだな」

田端は白髪頭の老婆をとりあえずは嵯峨屋仁右衛門と呼んでいる。

「嵯峨屋さんは何度もさめ善へおいでになりました。銀の値はそこそこ引いてくださるのですが、金の方はなかなか——金を引かない分、銀をいい値で引くなどともおっしゃって。銀鮫の柄の注文を取ってみたりもしましたが、とても金鮫ほどには伸びません。この次お会いする時に事情を話して、今回は銀の取り引きは止《よ》して、金だけに絞ることを告げ、何とか金の値を下げて貰おうと思っておりました。その矢先にこんな思ってもみないことが――」

善右衛門は田端の膝《ひざ》に載せられているおはんの守り袋をちらと見た。

「はて、まことに思ってもみなかったことであろうか？」

田端は射るような目を相手に向けた。

「まこと、嘘《うそ》、偽りはございません」

善右衛門は額の冷や汗を拳《こぶし》で拭《ぬぐ》った。

「ならば訊こう。調べによれば、嵯峨屋仁右衛門は太閤の金根付けを所持していた。気の遠くなるほど、値打ちがあることは知っておろう？」

訊かれた善右衛門の顔に一瞬、迷いが生じた。

「そ、それは」

口籠《くちご》もっていると、

「知らぬはずはあるまい。三浦屋では知らぬ者はいなかったと女将は言っている。仁右衛門はこれが自慢でならず、見せて回っていたというから、おまえたちに見せぬはずはなかろう？」

「確かに見せていただきました」

「欲しくはなかったか？」

「い、いえ」

善右衛門は怯《おび》えた目になった。

「嘘を申すな」

田端が凄《すご》みのある声で迫ると、

「は、はい」

善右衛門は項垂《うなだ》れるように頷《うなず》いた。

「これだけ、金に拘《こだわ》って商いしていれば、夢にも見ような。夢では自分の持ち物だったのではないか？」

さらに田端は押し、

「で、でも、あれは仁右衛門さんの持ち物ですから」

善右衛門が力なく首を振った。

「ここにいるお内儀は守り袋が勝手に歩いて、殺されていた仁右衛門の泊まっていた部屋の花活けに入ったと申している。だとすれば、太閤の金根付けも同じように、仁右衛門の懐《ふところ》からここへと歩いてきていてもおかしくはあるまい。只今《ただいま》からこの家をくまなく調べる」

田端は言い放った。

三浦屋を出る時、すでに奉行所に使いを走らせていたので、さめ善の前には奉行所の小《こ》者《もの》たちが田端の指示を待っている。

田端がさめ善から出て片手を上げると、代わってその者たちがどやどやと立ち入り、奉公人たちは一人残らず外へと出された。

客間にいた善右衛門は、

「逃げるのだ」

茫然《ぼうぜん》自失のおはんに駆け寄って、その腕を摑《つか》んで立たせようとした。

「おっと、どっこい、そうはいかねえよ」

阻んだ松次は善右衛門の手をおはんの腕から離させると、

「大人しくしてた方が身のためだよ」

二人の間にどっかりと座った。

行きがかり上、季蔵まで二人の見張りを務めて、重い時を一刻《いっとき》半（約三時間）ほど重ねていると、

「開けてくれ」

田端の声にあわてて松次が立ち上がった。障子が開けられると、

「勝手に歩いてきたのは、守り袋だけではなかったようだ」

握っていた手を開くと、掌の上から輝きがこぼれた。金で象《かたど》られた二匹の猿が跳ねている。

「これらはお内儀の部屋の手文庫の中から見つけた」

「そんなことあり得ません」

おはんは悲痛に叫んだが、

「論より証拠とはこのことだ」

田端は聞く耳を持たなかった。

こうして、さめ善の主夫婦は、三浦屋の上客、嵯峨屋仁右衛門殺しで捕縛された。

――さめ善のお内儀を知っている瑞千院様は、この報をどのようなお気持ちで聞かれたことだろう。それとこれはわたしの思いにすぎないのだろうが、さめ善の主夫婦が下手人だという証《あかし》が、あまりに揃《そろ》い過ぎていて釈然としない――

季蔵が複雑な思いでいると、それから五日ばかり過ぎた夕刻、北町奉行烏谷椋十郎《からすだにりようじゆうろう》が塩梅屋を訪れた。

「邪魔をするぞ」

烏谷は暮れ六ツ（午後六時頃）の鐘《かね》が鳴り終える前に、塩梅屋の戸口に立つのが常であった。

まだ三吉《さんきち》は休んでいる。あわてた季蔵は店の前に、本日休業の札を下ろして、離れへと烏谷を誘《いざな》った。

地獄耳の烏谷は三吉の住まう長屋についてもすでに知っていた。

「命まで奪うほどではないが、しつこく治らぬ風邪が続いているようだ。風邪には身体を休めているだけではなく、滋養も必要ゆえ、手に入れられた穢《けがれ》の百五十日のももんじを三吉に届けておいた」

ももんじの獣肉には穢があるとされ、薬食いが主であった。また、獣肉の中でももっとも穢が多いのは牛肉であった。

「ありがとうございます」

季蔵は三吉に代わって頭を下げた。

――お奉行様は優しい気配りの持ち主ではある。しかし、油断は禁物だ――

烏谷の目的が料理だけであることは稀《まれ》であった。

「わしもちと風邪気味だ、いかんなあ」

烏谷はわざと咳《せ》き込み、片目をつぶって見せて、手にしていたももんじ屋の包みを季蔵に渡した。

「これで滋養をつけたい」

「かしこまりましたと申し上げたいのですが、なにぶん、牛肉はあまり扱わないので――」

季蔵は困惑を口にした。

――瑞千院様と約束した阿蘭陀《オランダ》御節供《おせちく》料理にも、牛肉の品書きがあるというのに――

「なに、わしは牛の本汁でかまわぬぞ」

「それなら何とか――」

牛の本汁はももんじ屋で出される料理の一つであった。

牛のもも肉を薄切りの細切りにしておき、牛蒡《ごぼう》は皮を剝いて銀杏《いちょう》切りにした後、水に晒《さら》してアクを取る。牛肉と牛蒡に水を加えてどちらも柔らかくなるまで煮る。

中辛の味噌《みそ》を汁で溶いて加え、沸騰したら火を止める。粉山椒《こさんしょう》を吸い口に用いる。

ようは牛肉の味噌汁仕立てである。

ももんじ屋での味噌汁仕立ては牛肉だけではなく、豚や猪《いのしし》、鹿《しか》、狐《きつね》、狸《たぬき》等でも作られていた。

「ふーむ、滅多に口に入らぬ高値の牛ともなると、出汁《だし》の出ている汁の味が格別に美味《うま》い」

烏谷は感嘆して、

「牛肉の穢は百五十日もの長きに渡るとして、ことさら忌むのは、これをこっそり食う者への妬《ねた》みであろうな」

などとも軽口を叩《たた》いた。

「汁だけでは満腹にはならないかと思います」

季蔵は七輪で火を熾《おこ》して油の入った深鍋《ふかなべ》をかけた。

――たしか、影親《かげちか》様が記されていた阿蘭陀御節供料理の牛肉料理には、揚げものもあったような気がする――

取り置いておいた牛ももの薄切りに、塩、胡椒《こしょう》をして、牛肉の天麩羅《てんぷら》を拵《こしら》えた。

三

「牛の本汁は出汁に肉の旨味《うまみ》が移ってしまい、入っている肉はかさついている。肉だけを美味く食うにはこっちだな」

　烏谷は目を細めてくれたが、試食してみた季蔵は、

　──何かが今一つだ──

　牛肉の天麩羅の出来に満足はしていなかった。

「眉間《みけん》に皺《しわ》が寄っておるぞ、牛肉に恨みでもあるのか？」

　烏谷に訊かれた。

「慣れぬ素材の旨味を引き出すのはむずかしいものだと思いました」

「牛肉料理をどこぞで頼まれているとか？」

「ええ、まあ」

「牛肉と聞いては黙ってはおれぬ。押しかけるぞ、どこでだ？」

　烏谷はぎょろりと丸い目を剝いた。

「お奉行様の地獄耳をもってすれば、そのうち、おわかりになります」

　季蔵は笑みをこぼした。

「まあ、そうだな」

　やっと追及を諦《あきら》めた烏谷に、

「さて、今宵は何のお話でございましょうか？」

　季蔵は先手を打った。

「そなたはますます食えない奴《やつ》になってきている」

「わたしは美味い牛ではございませんから」

笑顔のまま季蔵はさらりと受け流した。

「そちがさめ善の主夫婦の捕縛に関《かか》わったと聞いている」

烏谷は切り出した。

「行きがかり上、あるいは浮き世の義理でございます」

「今更、田端や松次に塩梅屋に立ち寄るなというのは無理な話だ」

烏谷は苦く笑った。

——お奉行様はわたしが自ら首を突っこんで、松次親分や田端様と一緒に動くのを、あまり快く思ってはおられない。自分が密《ひそ》かに発する命だけを受けてほしいのだ。北町奉行烏谷椋十郎こそ、市中の隠れ者を束ねる黒幕であることが、何かの弾みで発覚するのではないかと懸念なさっておられるのだろう——

「さめ善の一件で、何か不審に思っておられる点でもおありになるのでしょうか？」

——さめ善の主善右衛門は奉行所内にいる知己の存在を仄《ほの》めかしていた。田端様がお内儀の守り袋を突き付けるまで、あれほど、自信たっぷりな物言いをしていたのは、もしや——

季蔵は知らずと探るようなまなざしを相手に投げていた。

「そちに隠し立てをしても仕様があるまい。わしは前からさめ善の主とはつきあいがある。あそこが手がけている、ひねりのある、刀の柄の鮫皮遣いが縁だ。大身《たいしん》の旗本や大名たちの中には、是非とも金鮫の柄がほしいのだが、先祖代々つきあってきていて、柄巻師を抱えている馴染《なじ》みの鮫皮屋を袖《そで》にはできず、誰《だれ》にも知られず、さめ善に注文したいと望む者たちも多い。そこでわしが仲介役を買って出たというわけだ」

「なるほど」

季蔵の目はじっと烏谷の顔に注がれている。

「これでもちろん、客も満足、さめ善も潤う。わしにも多少の役得があるが、もとより私腹を肥やすためでは断じてない。信じてほしい」

奉行の仕事は市中の安全平穏を保つことであり、盗みや殺しの下手人を捉《とら》えるだけではなく、起きれば多くの人の尊い命が奪われる、災害への備えを万全にする必要があった。

烏谷椋十郎の悲願は、自分の在職中に市中の川の堤防を強化することではあったが、これには金が莫大にかかり、財政難の折柄、お上からの助成は、ほとんど期待できない状況にあった。

「充分、わかっております」

季蔵はまず頷いて、

「しかし、なにゆえ、この先もお奉行様はさめ善と関わりをお持ちになりたいのでしょう？」

鋭く訊いた。

「主夫婦が囚《とら》われている揚がり座敷に足は向けた。揚がり座敷への口利きだけはしてやったのだ」

揚がり座敷は旗本や高僧のための牢《ろう》であり、一般庶民の入る大牢とは違い、一人一部屋をあてがわれ、待遇も大きく異なる。

「さめ善の主夫婦は罪を認めているのですか？」

季蔵はふと気にかかった。

「あの者たちは罪を認める代わりに、揚がり座敷で囚われの身となることを望んだ。善右衛門は、〝どうせ、無実だと言い張ったところで、責め詮議《せんぎ》で石まで抱かされ、夫婦ども、生きているぼろぼろの肉切れになるまで責め苛《さいな》まれるに決まっています。この間、女房はやったのは亭主と言い、亭主は女房のせいにするなど、醜く罪をなすり合いながら、存分に苦しんだ挙げ句、打ち首になるのでございましょう？　ならば、せめて揚がり座敷に入牢し、やっていないことをやったことにして、女房共々苦しまず、あっさり逝《い》きたいものでございます〟などと言いおった。あの傲岸だが女房思いの男らしい物言いであろう？」

「それで、お奉行様はそのように取りはからったのですね？」

「揚がり座敷での囚われは善右衛門の思い通りになったが、罪を認めたとなれば、すぐにも裁定が下るので、評定を引き延ばすつもりだ」

——お奉行様はつきあいや利得と関わりなく、さめ善の主夫婦が無実だと心から思っておられる——

季蔵は烏谷の真意に辿《たど》り着いた。

「そうだ」

烏谷は重々しく頷き、

「そちには真の下手人を探してほしい」

毅然《きぜん》と命じた。

「夫婦が無実だという根拠はあるのですか？」

「まず、殺された嵯峨屋仁右衛門の素性が知れない、老女が男盛りに化けていた理由《わけ》もわかっていない」

「しかし、人が殺されたことにかわりはありません。夫婦の罪の証は確固たるものです。善右衛門は上方の豪商と称する仁右衛門と取り引きをしようとしていましたし、庭先には男女の血染めの雪駄《せった》の痕、さめ善の誂《あつら》えた柄が金鮫の刀が雪に埋もれていました」

その先は、

「お内儀の守り袋は仁右衛門が殺された部屋の花活けの中に落ちていたし、太閤の金根付けはお内儀の手文庫の中にあった。これらは事実だが、わしはあまりに揃《そろ》い過ぎている証は疑ってかかることにしている。おそらく、そちの心の中にも、わしと同様、怪しむ気持ちはあるはずだ」

烏谷が続けた。

――まあ、そうでないこともなかったが、わたしからではなく、お奉行様の方から罪人の無実を主張するとは珍しい――

さらに烏谷は、

「それと善右衛門は太閤の金根付けは百年前のものだと見抜いていた。金に通じているので、経年によって異なる、金ならではの渋味についても知っているのだそうだ。疑うのなら、江戸で一番、目利きと言われている骨董屋《こっとう》に見せて訊いてみてくれと言っていた。見せたところ、善右衛門の見立てと同じだった。そこそこの価値しかない根付け目当てに、あの夫婦が殺しと盗みを働いたとは思えなくなった。もっとも、〝よりによって、騙《かた》りの癖がある相手と商いをするのか？〟とわしが尋ねると、〝大きな商いをするとなれば、それぐらいのはったりはてまえでもかましますよ〟と善右衛門は笑って応えたがな――。だが、これだけではわしの独りよがりにすぎず、無実の証にはほど遠い、頼むぞ」

季蔵に頭《こうべ》を垂れた。

――お奉行様はあの善右衛門が気に入っている、おそらく、ご自分と似たところがあると感じておられるのだろう――

季蔵は常の烏谷があまり見せない情の厚さに行き当たった思いで、

「わかりました」

大きく頷いていた。

翌朝、季蔵は早速、さめ善へと出向く準備をはじめた。

――主夫婦が盗みと殺しの罪人ともなれば、奉公人たちや家族は世間から白い目で見られ、いつもは必ず止まってくれる棒手振《ぼてふ》りにまで素通りされて、さぞかし苦しく不自由な思いをしていることだろう、とりあえずは――

季蔵はこの時季ならではの牛蒡餅《もち》を拵えて携えていくことにした。

まず、皮を剥いて小口に切った牛蒡を酢水でアク抜きし、充分柔らかくなるまで茹《ゆ》で、包丁で叩いて細かくしてから当たり鉢に入れて当たる。

白玉粉、上新粉、砂糖を当たった牛蒡と混ぜ、水適量を加えてこねて団子にし、指で押して平らにする。

これを茹でて冷ましてから油で揚げる。

このままでも菓子の甘さに牛蒡の風味が新鮮で美味《おい》しいが、これは揚げたての熱々が望ましい。

冷めてから食べるのならば、串《くし》に刺して、七輪か長火鉢に渡した網にのせて、砂糖、山椒の粉と味噌を合わせたタレを、刷毛《はけ》で塗り付けてこんがりと焼き上げる。香ばしくコクがあり、空いた小腹もおさまる。

こうして何本も拵えた、付け焼き牛蒡餅を季蔵は三段の重箱に納めて、さめ善へと向かった。

季蔵は田端や松次と共に主夫婦の捕縛に立ち会っている。

大戸を下ろし、ひっそりとしている表ではなく、裏にまわり、そっと訪《おとな》いを告げた。

「どなた?――」

窶《やつ》れた表情の十七、八歳の娘が怯《おび》えた目を向けてきた。

四

娘は紫の地に山茶花《さざんか》の裾《すそ》模様が描かれた着物姿で、小さな島田に結っている。奉公人には見えず、広めの額とやや鰓《えら》の張った輪郭、大きな鼻、ぱっちりした二重まぶた、厚ぼったい唇は善右衛門によく似ている。

「どうぞ、こちらへ」

季蔵は座敷へと通され、名乗った後、

「お嬢さんですね」

念を押した。

「いくと申します」

小女《こおんな》が茶を運んできたところで、

「気持ちばかりのものですが、どうか、皆さんで召し上がってください」

包みを解いて重箱をおいくの方へと差し出した。

「ありがとうございます」

礼を言って重箱の蓋《ふた》を開けたおいくは、

「まあ、牛蒡餅、時季ものですよね。子ども の頃《ころ》の今時分、おっかさんにお菓子屋の前で〝綺麗なあのお菓子が欲しい〟ってせがむと、家に帰って作ってあげるからって諭されて、ぐいぐい手を引っ張られて家まで帰るんですけど、出てくるのはいつもこの牛蒡餅で――。

おっかさんの牛蒡餅、美味しかった」

おいくは感嘆の声を上げた後、母親との幼い頃を思いだしたのだろう、

「よろしいんですか？」

泣き声で季蔵に念を押した。

「お口に合うといいのですが――」

――牛蒡餅ではない方がよかったかもしれない――

「他所様《よそさま》に今、こんなことをしていただけるなんて」

とうとうおいくの目から涙が溢《あふ》れた。

「じゃあ、これを皆で」

おいくは重箱を小女に渡した。

「本当に有り難いことです。有り難うございます、大切にいただきます」

思わず小女も貰い泣きし、季蔵に何度も頭を垂れて座敷を出て行った。

「大番頭や番頭たち、手代、賄いの者の半数もここにはもうおりません。両親が捕まって
すぐ、皆、暇を取りました」

「大番頭さんや番頭さんまで？」

「おとっつぁんは大番頭や番頭たちに、〝これほどの商才を揮《ふる》えるのはわししかいない、
口惜《くや》しかったらわし以上の働きをしてみろ〟っていうのが口癖で、大事なことは何も告げ

ずに、勝手に振る舞うことが多かったので、皆、嫌気がさしていたのだと思います。大番頭はおとっつぁんが暇を出したり、向こうから暇を取ったりで、始終首をすげ替えるせいで、ほかのお店《たな》のような、忠義に篤《あつ》い、年季の入った者ではなく、ずっと四十歳前の者ばかりでした。残ったのはもちろん忠義者たちですが、深く商いと関わっていた者たちはもうおりません」

おいくははっきりとこれだけの話をした。

そこで季蔵は松次や田端たちと共に、主夫婦に縄をかけた経緯《いきさつ》を伝えた。

「するとあなたは両親を下手人と決めつけた人たちの仲間なんですね」

さすがにおいくは表情を固くした。

「しかし、今、ある方が御両親の無実を信じて、このわたしに改めての調べを命じられました。それでわたしはここにまいったのです」

「ある方ってどなたです？」

おいくの声が鋭い。

「申しわけありませんが、お名は申し上げられません」

「それではそのある方にこの話を伝えてください。自慢で言うのではありませんが、こんなことになる前のさめ善は、昇り龍のような勢いでしたから、身近に主の商いを見聞きしている奉公人たちにも、誘いの手は伸びていたみたいです。残った者たちの話では、大番頭が風体のよからぬ男たちと話しているのを見たということですから。両親はいなくなった奉公人たちに陥れられたのではないかと――。さらにあの人たちの後ろには、さめ善を叩き続けてきた同業者の人たちが控えていて――」

おいくのつぶらな瞳《ひとみ》が力を得て、きらきらと輝き始めると、善右衛門の目と見分けがつかなくなった。

――父親譲りは外見だけではないようだ――

「あれが御両親を下手人に仕立てるためのものだったとして、大番頭が番頭たちと組めば、あそこまで精緻《せいち》な企みをも仕掛けることはできたことでしょう。たしかにあり得なくはありませんが、今回のことは、如何《いか》にもありそうなことを追って行っても、真実を摑みそこねるのではないかという気がしてなりません。なぜなら、御両親が下手人とされた背景もまた、ありそうな事情ゆえだからです。確固たる証が揃わなければ、取り引き相手だったという関わりだけでは、到底、下手人とは決めつけることはできなかったはずです」

「その確固たる証を教えてください」

おいくに急かされて季蔵は見てきた通りを話した。

「雪駄の足跡はあり得ません。おっかさんは生まれつき雪嫌いなのです。雪が降ると頭が痛くなったり、熱が出たりするので決して外へは出ませんし、ぬかるんだ道も歩きません。雪駄は履いたことがないはずですし、持ち合わせてもいないと思います。もちろん、雪の日に三浦屋に行くなんてこともありません」

おいくはきっぱりと言い切った。

──下手人の証に綻《ほころ》びが出た──

「この店に何度も足を運んでいた嵯峨屋仁右衛門さんと会ったことはありますか？」

「ええ、毎度。おとっつぁんはこれぞというお客さんの応対はあたしに任せるんです。丁寧におもてなしするよう言われていたので、厠《かわや》へいらっしゃる時もそっと遠くから見守っていました。そのために遠眼鏡まで買って貰いました。男の癖に何度も鏡を見たりのお洒落な方でした。きっとおとっつぁんと同じで商い上手な道楽者なんでしょうね。でも、あればかりは酷《ひど》い──」

おいくはしばし声を詰まらせ、季蔵は続く言葉を待って促した。

「酷いこととは？」

「うちの池ではおとっつぁんの楽しみで鯉《こい》を飼っています。見るだけの錦鯉《にしきごい》に、食べることもある黒い真鯉も飼っていますけど、うちでは食べません。おとっつぁん、〝黒いのは男で錦鯉は女、男だけが食べられちゃたまらない〟なんて言って、あれで優しいところもあるんです。ところが、仁右衛門さんは殺される前日、〝送りは結構、池の風流でも見せてもらいますかね〟って、独りで庭にでて、池の前に立ち、周囲を見回したかと思うと、突然、うちの一番大きな真鯉を掠《さら》ったんです。鯉ってどれもゆったり泳いでるようで実は相当に速いのです。でも、仁右衛門さんは池に落ちた手拭いでも拾うようにささっと──。驚きました。その上、素早く、胸びれの辺りを押さえて、あっという間に殺してしまったのです。あたしは殺された真鯉を懐に入れた仁右衛門さんを遠くから見送りました」

「善右衛門さんにこのことは伝えましたか？」

「もちろん。さすがおとっつぁん、〝鯉好きなんだろう。生き血でも飲むのかな？〟って言ってわははと笑った後で、〝一癖も二癖もある相手に、くれぐれも商いで食われないようにせんとな〟って、神妙な顔してましたけど――」

――何のために仁右衛門は鯉を掠い取ったのか？――

季蔵は皆目見当がつかなかった。

「他に何か気がついたことは？」

さらに話を引きだそうとすると、

「気がついたことではないですが、おとっつぁんとおっかさんのことで――」

「何でもいいから話してください」

「あたし、遠眼鏡に凝ってて、おとっつぁんが袖にされるところを見てしまったことがあります。だいぶ前のことですけど。相手はその何日か前に来た、あたしぐらいの年齢の娘さん。おとっつぁん、何度も何度もその娘《こ》の腕を摑むんだけど、そのたびに振り切られてたわ。とうとう、おとっつぁん、振り切られた弾みで転んで――。〝出ていけ〟、烈火のごとく怒って、あんまり大声だったから聞こえたのです。その娘、すごすご、裏口から出てったわ」

――この話は仁右衛門とは関わりが全くない――

季蔵は落胆したが、おいくの話を引き続いて聞くことにした。

「お内儀《かみ》さんの方は？」

「これはおっかさんじゃなく、たぶん、あたしの話なのだと思う。あたしね、綺麗なおっかさんじゃなく、おとっつぁん似でしょ、だから、娘盛りだっていうのに、自信ってもんがないのです。だから、あんなこと――」

「どんなことです？」

「おっかさんと一緒に馴染みの呉服屋に行った時のこと。その店では、着物を勧める仕事を女もするようになったことで知られていてね。小町娘が嫁いではみたものの、家計が火の車で昼間だけ、働きに来てるということもあったようなのですが。それが結構評判を呼んだのでしょうね。その時、あたしたちの相手をしたのも若くて綺麗な娘だったわ。時季は春の終わりだったから、そろそろ、秋の袷《あわせ》の新しい柄を見立てる頃。あたしは前から、菜が多い春の七草に比べて、野にして典雅な草花が選ばれてる、萩《はぎ》、薄《すすき》、桔梗《ききょう》、撫子《なでしこ》、葛《くず》、藤袴《ふじばかま》、女郎花《おみなえし》の秋の七草の絵柄が気に入ってて、合わせてみようとしたら、おっかさんが〝おまえにはそういう柄は似合わない、無難な菊にしておきなさい〟って、あたしからその反物を取り上げると、〝こういう天女みたいな娘なら似合うだろうけど〟って、その娘の肩に掛けたのよ。その時、あたし、思わず、カッと来てその娘が憎くて憎くてしようがなくなったの」

ここで一度おいくは言葉を止めた。

五

季蔵がどんな言葉で先を促したものかと躊躇《ためら》っていると、おいくはやや声を低めて先を続けた。

「その娘は微笑《ほほえ》みながら〝そんなことはございません、こちら様にもお似合いです〟って言って、秋の七草模様をあたしの肩に着せかけたんです。あたし、どうして、あの時、あんな酷い言いがかりをつけられたのか——。〝何、その物言いは？　何がこちら様にもなの？　自惚《うぬぼ》れないでよ。何のためにここにいるのよ、自分の器量自慢？　ああ、もう、新しい着物どころじゃなくなったわ、気分が悪くてこんなとこにはいられない、帰るわ、帰る〟、そう言って店から走り出したら、あわてておっかさんが追いかけてきたのです。あの時、おっかさんは何も言わなかったけど、さすがに気になって、後で奉公人にそっと聞きにいかせたら、その娘は、すぐに番頭さんから、〝明日からもう来なくていい〟と言われたそうなのです」

「呉服屋さんはさめ善さんとの縁を大事になさったのでしょう」

「ええ、たぶん。でも、それを聞いて、さすがにあの娘に悪いことをしたと思いました。あの娘への憎しみも無くなってた。あの時、ほんとに憎かったのはおっかさんだと思い直したの。だって、そうでしょ。何でも似合う綺麗なあの娘と、そうでもない自分の娘を比べたのですから。でもね、今度の大ごとであれもおっかさんの親心だと気がつきました

――」

おいくはしんみりした口調にはなったが、

「そもそも、あたしに新しい着物を仕立てなければと言い出したのはおっかさんです。大店から御縁が降ってきていたからです。跡取りだし、追っかけが出るくらいの男前なものだから、あたしも悪くない相手だと思ってました。ただ、いくらこちらが乗り気でも、先方は二の足を踏んでるようで話がなかなか進まなくて。それであたし、あの娘を罵《のの》った時もとことん、いらいらしていたのだと思う。おっかさんの方はおとっつぁんに、〝この縁談がまとまれば、傾きかけた先方を建て直せる、少なくない持参金はもう伝えてあるのだから、親同士に異存はない、後は母親の気働きがモノを言うんだ〟なんて半ば叱《しか》られ、あたしをうんと綺麗に着飾らせて、相手にいいところを見せようって考えたのでしょうね。おっかさん、話の進みが悪いのは、評判にならないあたしの女っぷりのせいだってわかってて、そろそろお嫁に行きたいあたしの気持ちも察して、何とかしようって必死だったんですね。でも、もう、それも今度の大ごとでお仕舞い。おとっつぁんとおっかさんがお縄になったってわかるとすぐに、断りの文が届きました」

意外にさばさばとした表情で話し終えた。

「聞いてくだすってありがとう。口に出してお話ししたら、何だ、こんな程度の話だったのかって思えてきました。でも、ごめんなさい、お訊きになりたい仁右衛門さんとは何の関わりもない話をしてしまって――」

すっきりした中にも恥じらいの表情を浮かべているおいくに、

「縁談が持ち込まれてから、お母さんから守り袋を渡されませんでしたか？」

季蔵は花活けの中に落ちていた守り袋が真新しかったことをふと思い出した。

「これかしら？」

おいくは胸元から、季蔵たちが見つけたおはんの守り袋と同じ絵柄のものを取り出して見せた。

「揃いで持っていれば、きっといいことがあるからって、おっかさん――」

「なるほど」

――可愛《かわい》い娘の縁談でやきもきしていて、新しいお守りまで母娘で身につけようという母親が、人殺しに加担するなど、雪が嫌いで雪駄を持っていないことからもあり得ない――

「御両親が無実だという証を必ずたててみせます。ですから、今は心を強く保ってください」

季蔵が励ますと、

「大丈夫です。あたしは裸一貫でここまで来たおとっつぁんと、そのおとっつぁんを支えてきた芯《しん》の強いおっかさんの娘なんですもの――。信じて両親のお解き放ちを待ってます、よろしくお願いします」

おいくは丁寧に頭を下げた。

さめ善を出た季蔵は再び三浦屋へと向かった。

――仁右衛門はさめ善の池から盗《と》った真鯉をどうしたのだろう？　生き血を飲むか、食べるためだとしたら、女将の寿々絵に頼んだはずだが――

骸を見つけた前日の夕餉《ゆうげ》が何だったか、季蔵は訊くつもりであった。

変わらず、迷惑な顔をされるだろうと覚悟していたが、

「まあ、どうぞ」

女将は浮かない表情ではあったものの、

「いいところにおいでくださいました」

すがるような眼差しを向けてきて、

「あの部屋にご案内します」

先に立って歩き始めた。

部屋に入ると、

「臭《にお》いますでしょう？　いくら拭き清めても、一度、畳に付いた血の臭いって無くならないんですよねえ」

顔を顰《しか》める。

たしかに気になる饐《す》えた臭いがある。

――これは――

「明日には畳屋が来てくれることになっているんです、臭いはそれで何とかなると思うん

ですが――」

女将は障子を開けて縁側に立った。

このところ何日か晴れた日が続いているせいで、庭の雪はもうほとんど溶けて、石庭の白い石粒が見えている。

女将はぱんぱんと手を叩き、廊下に控えている女中に命じた。

「あれらをここに持ってくるように言っておくれ」

「はい、只今」

女中の足音が遠のくと、ほどなく、腰の曲がった風呂焚《た》きの爺《じい》さんが庭へ入ってきて、無言で男女、二足の雪駄と刀の鞘《さや》を女将に突き出して下がった。

「辰三《たつぞう》は働き者で仕事はちゃんとこなすんですけど、年齢のせいでどうにもここがね――」

女将は自身の頭に片手を当てて、

「薪の他に拾った木や枯れ草なんかを焚口で燃やそうとするんです。昨日も薪と一緒に雪駄二足を焼《く》べようとしているのを、たまたま見つけた者が止《や》めさせ、あたしに報《しら》せてきたんです。辰三があの部屋の縁の下に潜ってるのを見た者がいるので、雪駄と刀の鞘はそこで拾ったのだと思います。血の付いた足跡のことは聞いていたので、これらは下手人のものかもしれないですよね。気味が悪いし、こんな話が外に洩《も》れても嫌だと、そのままにしていたんです。正直、今夜あたり、辰三に燃やさせれば、綺麗さっぱり無かったことにできるとも思いました。とはいえ、後でわかって、お上に咎《とが》められでもしたらどうしようとか、これを知っている店の誰かが瓦版《かわらばん》屋にネタを売らないとも限らないし、とあれこれ、思い悩んでいたところでした。ああ、もう、店の信用に関わる、こんな災難は真っ平ですよ」

金切り声を上げながら、足許に置かれた二足の雪駄と刀の鞘を季蔵に渡した。

雪駄は血の色に染まっている。

——雪駄が歩いて縁の下に入るわけなどない——

「女将さんのお気持ちはお察しします。畳替えは明日とのことですが、その前に一度畳を上げていただけませんか。女将さんがお上に力を貸したことは、きっと大きく報われることと思います」

季蔵は黒ずみが残っている、仁右衛門が倒れていた畳を指差した。

「わかりました」

観念した女将が呼んだ男衆と季蔵で一緒に畳を上げた。

畳の縁《へり》に手をかけている季蔵たちが、思わず顔を背けたのは、腐敗臭が立ち上ってきていたからである。

「臭いの元はこれですね」

季蔵は血だらけの手拭いを床下から取り出した。

「このところ、晴れて暖かでしたし、ここは日当たりのいい部屋で、その中でも上げた畳のあった場所が一番でした」

何枚もの手拭いを剝いでいくと、腹を裂かれた巨大な真鯉の骸が出てきた。

「な、なんでそんなものが――」

女将はのけぞって倒れ、しばし気を失った。

床下には腐りかけた真鯉の骸だけではなく、包丁も見つかった。

「この包丁はこちらのものですか」

季蔵の問いに、

「さあ、わかりません。厨の者に訊いてみます」

そう言って、男衆は厨に訊きに行き、板前を連れて戻ってきた。

「包丁は数が合わねえといけませんから、柄の尻《しり》のところに三浦屋の三と通しの数字を焼《や》き鏝《ごて》でおすことになっています。てめえの物でもです。ちょっといいですか」

包丁が板前に渡されると、

「申し訳ありやせん。板場の物です。ほれ、ここに」

指差した柄の尻を見ると、三、九の焼き印がみてとれた。

「なんて、なんてこと」

気が戻った女将ががたがたと震えだした。

「すいやせん。女将さんに申し上げなきゃって思っているうちに半月以上経《た》っちまって。すいやせん」

板前は廊下に額をこすりつけて謝った。

季蔵は新たに出てきた証について、

「惨事のあった時、見つけた雪の上の足跡は、あえて二足の雪駄を使って付けたものです。要らなくなった雪駄は刀の鞘と共に縁の下の奥に放《ほう》り込んでおいたのです。雪駄に付けるために真鯉の血と三浦屋の厨から盗んだ包丁が使われました。そして、血を絞った真鯉と包丁を畳を上げてその下に隠したのです。外から下手人がはいってきて、仁右衛門さんを殺したように見せかけるためです。石庭に臨んでいる部屋を望んで泊まっていたことも併せて考えると、仁右衛門さんは自分で自分を刺したのです。抜き身のまま刀を庭に捨てたのは、金鮫の柄で、さめ善夫婦を下手人に仕立てることができると意図していたからです。雪のことは念頭になく、土のない石と砂の庭であれば、血の痕も含めて足跡を消さずに残せると思いついていたのです。とはいえ、用意周到、ぬかりのなかった仁右衛門さんでも、辰三さんならではの不思議な動きと、雪と晴れの日がおかしな具合に訪れる、今年の師走の不可解な天気までは計算できなかったのでしょう」

烏谷に告げた。

烏谷は嵯峨屋仁右衛門は殺しを装った自死であるとして、下手人とされていたさめ善の主夫婦は咎なしとなりお解き放ちになった。

——おいくさんはさぞかし喜んでいることだろう。ああ、でもそれで、あの縁談がまた田端は酒が廻《まわ》り、蒸し返されるのは感心しないな――

おいくに会って、止めておけと言いたいのはやまやまではあったが、

――やはり出過ぎたことだ――

出向くことはなかった。

いつものように、田端と共に訪れた松次はこの結末を季蔵に伝えた。

松次は甘酒と牛蒡餅をたらふく腹に納めると、

「けど、旦那、いくらお奉行様でも、ここまでのどんでん返しをされると、ちいと面白くねえですよね。さめ善の主夫婦が下手人じゃねえとぴんと来たんなら、俺《おれ》たちに声をかけて、調べをやり直させてくれてもいいでしょうがさ」

「とかく噂《うわさ》のあるあの大入道の下に、いったい、どれだけの切れ者がついてるのか、わしはそれが知りたい」

それぞれささやかな愚痴を洩らした。

六

数日後、烏谷が六ツの鐘と共に塩梅屋にやってきた。

「そろそろ、これの時季であろう」

両手の人差し指と親指で丸を作って見せた。

烏谷は冬大根が大好物で特に揚げ出し大根に目がなかった。これは皮を剝いて縦半分に

切り、人差し指ほどに切り揃えた大根を辛抱強く、両面が茶色になって串が通るまで胡麻《ごま》油《あぶら》で揚げ、揚げたてを器に盛って、煎《い》り酒《ざけ》をかけ、たっぷりと大根おろしを載せて仕上げる。

今回、季蔵は大根おろしに胡椒を一振りしてみた。

箸《はし》を取った烏谷は、

「おや、塩梅屋の主は、このところ胡椒に凝っていると見える」

茶化した後、

「胡椒は異国の料理に欠かせない。まあ、焦る気持ちはわからぬでもないが、これには胡椒よりも、柚子《ゆず》の皮の千切りの方がよいのでは？」

ふと洩らした。

――やはり、地獄耳。お奉行様はわたしが阿蘭陀御節供料理を頼まれていることをご存じだ――

「こんなものもできております」

季蔵はこの件には触れず、入手できたワカサギで作っておいた、ワカサギのカピタン漬けを勧めた。

まずは縦半分にして小指ほどに切り揃えた葱《ねぎ》、千切りにした木耳《きくらげ》、薄切りの生椎茸《しいたけ》を用意する。赤唐辛子《とうがらし》をきかせた酢、醬油《しょうゆ》、酒、胡麻油のタレを作る。ワカサギを洗って胡椒少々を振り、小麦粉をまぶし唐揚げにして、熱いうちに茹でた木耳、葱と生椎茸は焼いてから一緒にタレに漬け込む。

「これにも胡椒は要らぬぞ。胡椒のせいでワカサギにタレの味がよく馴染まない」

烏谷は文句を言ったものの次第に押し黙って夢中でタレまで口に運んだ。

「カピタン飯でございます」

カピタン飯は変わり鯛《たい》飯である。米は炊きたてを使い、鯛はさくどりしてそぎ切りにしたものと、頭を取った骨を焼き網にのせ、遠火でゆっくり、こんがり焼く。

骨は当たり鉢でよく当たり、味噌と出汁《だし》で伸ばして漉《こ》し、一煮立ちさせる。

炊きたての飯にそぎ切りした鯛の身、骨で拵えたかけ汁をかけ、細切りにした海苔《のり》、小口切りの葱、一味唐辛子、粉山椒を振って供する。

「おそらく、鯛の骨がかけ汁に使われているのだろうが、こんな美味い鯛飯は食うたことがない。頭付きの鯛の食べ残しで作る鯛汁は、頭まで放り込むせいか、生姜《しょうが》が使われていても、まあ、ちと生臭い。それでも、鯛の骨汁とはこのように美味いものかと驚かされてきた。しかし、これほど清々《すがすが》しい美味さではなかった。これがカピタン飯？　油で揚げてもいないし、胡椒ではなく粉山椒の風味だ。いったい、どこがカピタン飯だというのか？」

頭をかしげた烏谷に、

「おそらく骨の旨味が最大限、引き出されているからではないかと思います」

季蔵はにっこりと笑った。

――南蛮渡来の香辛料を使うだけではない、阿蘭陀料理の真髄がやっと多少見えてきた

気がする──

「それはよかった、カピタン料理人殿」

烏谷はまたしても茶化した。ちなみにカピタンとはポルトガル語で長という意味である。相手側の最高責任者、商館長の意でもあった。阿蘭陀に先がけて貿易を始めたのはポルトガルであり、南蛮貿易ではあったが、その後、阿蘭陀がポルトガルに取って代わっても、この呼び名は変わらなかった。

「そろそろ切り出されてはいかがですか？　お奉行様ともあろうお方が、わたしをからかいにここへおいでになったとは思えません」

季蔵は笑顔を消した。

「三浦屋の一件だ。殺しを装った自死であったのは間違いないが、そちには思うところがあるはずだ」

「おはんさんの手文庫に金根付けが入っていたり、金鮫の柄の刀が庭の雪に刺さっていて、おはんさんの守り袋が、仁右衛門さんが死んでいた部屋の花活けの中から見つかったことが、未《いま》だにどうにも得心できずにいます。これだけ凝るのは大仕事ですから。それに刀が抜き身で見つかったことも」

季蔵が首をかしげると、

「根付けや守り袋、金鮫の柄の刀は、さめ善に出入りしていた仁右衛門が、上手《うま》く盗み出して仕掛けたものだろう。しかし、真鯉の血は雪駄につける位は採れただろうからわかるが、死ぬのに使った刀を庭に持ち出すことはできまい。それが証拠に刀身には人の白い毛と痛み止めの阿片の粉薬がついていた」

　烏谷も真剣なまなざしでいる。

「仁右衛門の地毛から落ちたのですね」

「仁右衛門は自死に及ぶ前に苦しみもだえていたことがわかった。地毛が抜けて付いたのはそのせいだろう。奉行所の医者が骸の腹に出来物を見つけた。薬でおさまりはするが、発作が起きた時は激痛が走ったはずだと言っておる」

「ということは、やっとの思いで自死した仁右衛門から刀を取り上げ、庭に運んだ者がいるということになります」

「そちが得心できずにいるさまざまな細工も、その者がいてこそ、できたのかもしれぬ」

「仲間がいるほど大がかりでもありました。その上、ますますわからないのは、どうして、先行き短い命と引き替えに、さめ善の主夫婦を陥れようとしたかです。善右衛門が口走っていた、同業者の嫌がらせにしては大仰《おおぎょう》すぎます」

「わしには何で、老女が若作りして男に見せていたのかもわからぬ」

「老女の骸は骨太で鍛えた身体つきでしたので、自分より若い年増女に化けるよりは、脂ののった働き盛りの男になる方が、かえって怪しまれにくかったのかもしれません」

「だったら、老爺になる方がもっとたやすかろう。鬘も白粉も不要で白い付け眉と付け髭《ひげ》だけで済む」

「たしかに。ですが、それではきっと都合の悪いことがあったのでしょう」

「わからぬな」

「わかりません」

烏谷と季蔵は共に頭をかしげた。

だが、ほどなく、

「そろそろ茶を出してくれるのなら、あれも一緒に頼む」

季蔵は牛蒡餅を催促された。

「たいした人気だと聞いているぞ」

例年、塩梅屋では師走の昼に限って賄い料理を客たちに供してきていた。

「塩梅屋の師走のあのいつものは、今年は牛蒡餅だってよ」

「これが美味くて、病みつくんだよ」

「他で飯を食っても、こいつだけはまだいける」

「そのくせ腹持ちもいい」

「何で二串までって決まってるんだろ」

「女房、子どもにも食わしてやりてえな」

店を開ける前から列ができる始末であった。

「瑠璃《るり》に届けてくるとばかり思っていたのだが、とうとうしびれが切れた」

「すみません、今年は人手が足りなくて」

流行風邪《はやりかぜ》の患者の看病で三吉とおき玖《く》が休んでいることを告げ、

「これだけで勘弁してください」

季蔵は頭を垂れると、

「これを」

念のためにと残しておいた、牛蒡餅を載せた大皿を烏谷に渡した。むしゃむしゃと食べ始めた烏谷は、

「美味いっ、春牛蒡と違って、旬《しゅん》の牛蒡はアクも風味も凄《すご》みがあって、濃厚なタレに負けていないっ。それと人が美味い、美味いと噂してるものはなお美味いのぉ。これだけあって、思いきり堪能《たんのう》できるとなれば尚更《なおさら》だ」

おおはしゃぎすると、

「そうそう、忘れておった」

片袖《そで》に手に入れると、枝葉のついている赤い椿《つばき》の花を一輪、季蔵に差し出した。よく見ると紙で出来ている。

「瑠璃にそちも喜ぶような様子が見えてきている。紙花造りをはじめた。何とこれの筋がなかなかいい」

――本当にここまでのものを瑠璃が――、そして、もしかしてあれが――

季蔵はおそらく夜目には、早咲きの椿の花のように見えるであろう、よく出来ている赤い椿に見惚《みと》れた。

「この他にも、瑠璃は桃色、白、斑《まだら》とさまざまな色合いの椿の花を造っている。是非、そちに一度見に来てやってほしいと、お涼《りょう》が言っていた」

「わかりました」

知らずと季蔵は微笑んでいた。

七

翌日、季蔵はまだ夜が明けきらないうちに長屋を出て塩梅屋へ着くと、早速、百合根《ゆりね》菓子の冬白玉を作り始めた。この後、瑠璃が養生している南茅場町《みなみかやば》へと向かうつもりであった。

心に浮き立つものがある。

冬白玉は茶の湯をたしなむ粋人が好む、四季折々の花を模《かたど》った百合根菓子に案を得て、霜月《しもつき》に入ってすぐ、季蔵が瑠璃のために拵えて届けたものだった。

――白玉好きの瑠璃が、冬の白玉を見たらどんなにか驚くことだろう、その上、ただの白玉ではないのだから――

この時、思った通り、瑠璃はじっとその百合根菓子を見つめたまま、とうとう季蔵が帰る時になっても菓子楊枝《ようじ》を手にしなかった。

あれからあの白玉を食べてくれたのだろうかと気になっていた季蔵であった。

――滋養のある食べ物ばかり気にかけていても、傷を負った心は癒《い》えないと、心をも診

ることのできた名医に教えられたことがあった。それ以来、何とかして心も身体も共に癒《いや》

せればと心がけてきた。瑠璃の心がとりわけ、花や華麗な蝶《ちょう》、豪華な着物等の美しいもの

に惹《ひ》かれることがわかった。その点、百合根菓子ならば滋養がある上、典雅な美しさで瑠

璃の心を和ませるのではないかと期したのだ。わたしが瑠璃に贈ることのできる、ささや

かな美しき美味の一つだった――

　百合根菓子は手間も技も要るが、季蔵は祈りにも似た気持ちでこれを作っていく。

　まずは、百合根を砂糖水で煮上げ、冷めてから裏漉しする。これに少量の砂糖を入れて

よく煉《ね》り上げ、手につかないようになったら濡れ布巾《ぬれぶきん》に包んでおく。

　その百合根の生地の一部を晒《さら》し布に上に置き、手で平たく伸ばした中ほどに丸めた漉し

餡《あん》を入れて茶巾に絞ると、冬白玉に見立てられる。

　その後、鮫皮おろしでおろした、しっとりと細かな柚子皮と、残しておいた裏漉しの百

合根生地を合わせたものをこの上にのせ、もう一度絞り直すと冬白玉が椿の様子に変わる。

遊び心で摘んで洗い、水気を拭き取った、艶《つや》やかな椿の葉を添える。

　南茅場町への途中、小雪がちらつき始めて、お涼の家の前に立つ頃には細かな雪粒が雨

のように降り注いできた。

「まあ、まあ、よくおいでくださいました」

　お涼は傘をさしかけて出迎えてくれた。しゃきっと背筋が伸びていて、髪にも身仕舞

いにも一糸の乱れもない。

「小雪ならば師走《しわす》の風情ですけれど、ここまでの粉雪となると案じられますね」

雪の日に難儀するのは、商家の大八車で、轍《わだち》が雪に嵌《はま》って動かなくなって、商品納めの期日に間に合わず売り値を落としたり、滑った弾みで荷物が落下し、子ども等の怪我人《けがにん》が出ないとも限らなかった。

「お奉行様にうれしい話を聞かせていただいたので――」

「そうなんですよ」

お涼は笑顔を見せた。

「これを」

季蔵は冬白玉を詰めた重箱を差し出した。

「何でも、三吉ちゃんもおき玖さんも看病でお休みなんですって？　旦那様に伺いました。その上、賄いの牛蒡餅で大忙しでしょうに。こんな時にすみませんねえ、でも、きっと、瑠璃さんは喜びますよ」

季蔵は手拭いで全身に積もった雪を振り払って中へと入った。

座敷に居た瑠璃は、そばに野良猫から飼い猫になった、サビ猫の虎吉《とらきち》を従えている。虎吉は挨拶《あいさつ》代わりににゃあと鳴いた。

あろうことか、瑠璃は季蔵の顔を見ると、珍しくにっこりと笑った。

「紙花造りを始めてから、ご機嫌も身体の具合もいいみたいなんですよ」

お涼は重箱の蓋を開けて見せた。

「瑠璃さん、この間いただいたお菓子ですよ」

話しかけてきたお涼に、瑠璃はこくんと頷いた。

「今、お茶を淹《い》れてきますね」

瑠璃は前のように冬白玉を見つめているようなことはなく、ゆっくりとではあったが菓子楊枝を動かした。

この後、瑠璃は中断していた椿の花造りを続けた。花弁を椿のさまざまな色合いに染めていく。赤でも桃色でも一色の花弁は筆で顔料を塗るだけだったが、興味深かったのは斑と滲みのある花弁の染めで、斑と滲みとでは、方法が異なっていた。

白い斑を桃色の花弁につくるには、白い紙の花弁の裏表に蠟《ろう》を斑の形に置いて、桃色の顔料で塗っていく。

白い花弁に桃色の滲みをつけるには、水気のない乾いた筆に桃色の顔料少々を含ませ、線を引いていく。

「筆の先を潰《つぶ》すように持って、毛先を広げると綺麗な刷毛目が付くみたいですよ」

お涼が説明してくれたので、

「紙花造りはお涼さんが瑠璃に教えてくださったのですね」

季蔵は早合点した。

「とんでもない、あたしにそんな芸はございませんよ」

「ではどなたかに？」

以前、通って来ていた手伝いの老婆は昔話の話し聞かせが得意であった。

「はじまりは旦那様のお土産の本からなんです。本屋で何年か前に書かれた紙花造りの本が目に留まって、もとめてきてくれて――」

お涼は瑠璃の目の前の紫檀《したん》の机の上から、綴《と》じてある厚めの本を取り上げた。

表紙に〝桜紅葉都錦《さくらもみじみやこにしき》〟、松栄軒花《しょうえいけんか》作と題されていて、中を開けると四季折々の花が典雅な墨絵で描かれ、おおよその造り方が記されていた。

おおよそだと季蔵が思ったのは、花弁や葉の型がどこを見ても描かれていなかったからである。

「京で書かれた本ですね」

「都錦とある以上、そうでしょうね」

「松栄軒花とあるのも、実の名ではないからでしょう」

――花弁や葉の木型、もしくは金型はあるのだろうが、秘伝というわけだな。松栄軒花は雅《みやび》な紙花造りの楽しみを沢山の人たちに知らせようとした、上方の紙花造りの一流派の者なのかもしれない――

季蔵は椿の葉の上にせっせと刷毛を動かしている瑠璃を見つめていた。

「刷毛に付いている半透明な糊《のり》に似たものは何です？」

「湯で溶いてゆるく固まった寒天です。葉の艶だし法としてこれは本に書いてありました」

「とにかく驚いています」

――女児相手に、かんざし屋が売り歩く花かんざしよりもずっと丁寧で美しい。きっとこの紙花造りの本が優れているのだろうが、瑠璃の腕も悪くない。そういえば瑠璃は器用で針仕事が得意だったが、それにしても――

「驚きは、あたしも同じです」

お涼が相づちを打って、

「どうして型もないのに――」

二人は同時に同じ言葉を口にしていた。

「瑠璃にとっては紙花造りは初めてのはずです」

「でも見事ですよね」

「自慢して歩きたいほどの出来映えです。ただ、型紙無しで作れるのが、どうしても不思議でなりません」

季蔵は首をかしげた。

「あの、それもしかして、この間、じっと冬白玉を見ていたからではないかしら？　旦那様が〝桜紅葉都錦〟をお土産にもとめてきたのは、その後すぐで、それからほどなく、瑠璃さんは椿の紙花造りに熱中するようになったんです。一番初めに造ったのは蕊《しべ》が黄色い、冬白玉そっくりの見かけの白椿でした。瑠璃さん、季蔵さんが拵えた冬白玉をよくよく覚えておきたくて見つめ続け、椿の花として残しておこうと思ったのではないかしら？」

お涼は微笑んだ。

――しかし、それなら、なぜ、瑠璃は白椿ばかり造り続けないのだろう？　お涼さんはこうあってほしいという、わたしの心を見透かして、気を使ってくれている――

「そうだとしたらうれしい限りです。ですが、あの冬白玉は丸くすべすべした白玉に白椿の花を重ねたので、添えた葉が椿なだけです」

「そう、おっしゃられると――」

お涼は目を伏せ、

「とはいえ、これはお奉行様も喜んでいてくださった通り、瑠璃にとっての朗報だと思います。造り方の本がきっかけで、型紙なしで、瑠璃がここまでさまざまな椿の花を造り上げられるようになったのは、今まで見てきた椿の花々をことごとく思い出したからでしょう？　わたしの冬白玉も一役ぐらいは買ってくれたと信じたいです」

季蔵は真顔で呟いて、

「雪道になるのでそろそろ失礼します」

この場を辞することにした。

見送ってくれたお涼は、

「あの、それなら、この次おいでの時は、椿ではない、時季の花の形に作ったお菓子を、是非持ってきてください。瑠璃さんの紙花造りがまた一段、先へ進むと思いますので。今日、季蔵さんの冬白玉を前のように見つめ続けず、美味しそうに食べたのは、白椿を拵えることができて、冬白玉に託した季蔵さんの気持ちを残せたと感じているからだと思います。瑠璃さんには、紙花造りを通じて、もっともっと、楽しいこと、季蔵さんとのことを思い出させてさしあげたい――」

急に掠《かす》れ声になり、

「ですのでこれを――。旦那様はご自分がお好きな赤い椿を、あなたにと持って出られましたが、こちらの方がよろしいはずです」

瑠璃が初めて造ったという、枝と葉のついた白椿をそっと渡してくれた。

「ありがとうございます、何よりです」

歩き出すと渡された白椿はすぐに積もった雪で冷たくなった。黄色い蕊さえなければ、同じように白い雪に吸い込まれて、無くしてしまいそうにも感じられる。

――これだけは冷やしても濡らしても、もちろん、雪に奪われてもならない――

季蔵は雪を振り払うと、白椿を懐にしまった。肌がひやりとした。

――しかし、潰れてしまっても困る――

気になって、懐から出した。雪が積もる。そしてまた雪を取り去って懐へ――。季蔵は塩梅屋へ帰り着くまで、何度もこれを繰り返した。心が弾んだのは、瑠璃の心を抱き抱えているかのように感じたからであった。

第三話　阿蘭陀おせち

一

瑞千院《ずいせんいん》からの文がまた届いた。

常の師走《しわす》とは思えない空模様が続いています。あれからかわりありませんか？　こちらは身重の桃江《ももえ》が風邪を引きかけ、お腹《なか》の子の具合が案じられましたが、良賢尼《りようけんに》が付き添い続け、早めに休ませて事なきを得ました。

無理なお願いの阿蘭陀御節供料理《オランダおせちく》は案がまとまりましたか？　殿様が遺《のこ》されたのは阿蘭陀商館での膳《ぜん》料理なので、お重にするには相応の工夫が要ることと思います。どうか、よろしくお願いします。

なお、この一時、さめ善の主《あるじ》夫婦が上方《かみがた》の豪商を殺したとされて捕縛されたものの、無実とわかってお解き放ちになった事件が市中を騒がせていました。あなたがこの一件に関《かか》わっていて、奉行所を助けて嫌疑を晴らしてくれたと、さめ善の内儀から聞きました。わたくしもとても感謝しています。おはんはわたくしがお助け衣を始めた時からの大事なお仲間の一人ですので。

そのおはんと、主の善右衛門《ぜんえもん》がせめてもの御礼にそなたの阿蘭陀御節供料理作りを手伝いたいと言っています。

もちろん、共に厨《くりや》に立つのではなく、ももんじや牛酪《ぎゅうらく》（バター）等、入手しにくいものを一声かければすぐに届けるとのことでした。

この旨、含んで女正月の後に向けて必ず仕上げてください。

そろそろ、こちらから石窯《いしがま》も運ばせます。

瑞千院

季蔵《としぞう》殿

季蔵は瑞千院からの文を、あれから無しのつぶてだった自分への心配のあまりの催促と捉《とら》えて文を返した。


あれからまた、ご無沙汰してしまいました。さぞかし案じられたことでしょう。申しわけございませんでした。

ご注文を頂いた阿蘭陀御節供料理は、影親《かげちか》様が記されていた膳料理のうち、スープとある三種の味噌汁《みそしる》、主に鶏肉《とり》、牛、鼈《すっぽん》は外させていただきます。冷めると味が変わる汁物はお重詰めにはふさわしくありませんので。

また、蛤《はまぐり》の潮煮《うしおに》、鯛《たい》等の刺身も外しました。これらは珍しくない料理で、とりたてて、阿蘭陀御節供料理に入れなくてもよいと考えたからです。

阿蘭陀料理の胆《きも》は獣肉、野鳥肉と牛酪であると確信しておりますので、それらをふんだんに盛りつけた御節供料理にしたいと思っています。

以下のようなものです。

一の重　祝い肴《ざかな》

燻製《くんせい》の鮭《さけ》と豚

豚のすり胆の腸詰

すりあわせた牛豚肉の腸詰

二の重　口取り

野鴨《のがも》の丸焼きを食べやすく切り分けたもの

三の重　焼き物

焼き豚

牛酪煮の阿蘭陀菜、人参《にんじん》、蕪《かぶ》

与《よ》の重　揚げ物
牛もも肉、牛脇腹《わきばら》肉、豚肉、猪《いのしし》もも肉の天麩羅《てんぷら》

五の重
従来通り、福と幸せが入るよう空にしておく。

菓子籠《かご》
カステーラ、唐芋と南瓜《かぼちゃ》の二段重ねタルタ、肉桂《にっけい》（シナモン）味のクウク、丸型ケイクが入った大きな竹籠。

なお、さめ善のご主人夫婦については、全ては行きがかり上のことなので、手伝いは無用にとお伝えくださいますようお願いいたします。

季蔵

瑞千院様

――あのようにお応《こた》えしてみたものの、何とか目鼻がついているのは、作ったことのある鮭と豚の燻製とタルタだけだ。牛肉の天麩羅はちょっとあれでは――

烏谷は目を細めてくれたが、季蔵は得心していない。

——薄切りとはいえ、脂が嚙《か》んでいるせいか、魚や海老《えび》とは違う、からっとしない揚がり方だった——

季蔵は首をかしげたまま、離れへと勝手口を出た。

豚の燻製は火腿《ハム》とも呼ばれる。元鷲尾《わしお》家で共に仕えた者が名の知れた食通と自称して、作り方を教えてくれたのがこの火腿に他ならなかった。その作り方を思いだしつつ、季蔵は離れの軒下に、塩と胡椒《こしょう》等をたっぷりとすりこんだ豚の大きな塊肉を七日ほど吊《つる》していた。今はまだこの段階で、これを終えると、ゆっくりと茹《ゆ》で上げて充分に冷まし、桜の木片を入れて竈《かまど》にかけた鉄鍋《てつなべ》に入れて蓋《ふた》をし、白い煙で渋くなりすぎない程度に燻《いぶ》して仕上げる。

——寒いのは蠅《はえ》が近寄らなくていいが、このところ度がすぎるのであと三、四日は塩漬けのまま置いた方がより塩、胡椒が馴染《なじ》むことだろう——

季蔵は鮭の燻製を作るために納戸から火鉢被《おお》いのかかっている大きな丸火鉢を出し、炭を入れて屈《かが》み込んだ。

さんざん荒物屋を歩いて見つけた火鉢被いは、すっぽりと被う長四角の餅網《もちあみ》の金網を大きくしたようなもので、火鉢に固定するために四隅に足がついている。

三枚におろしてサクに取り、塩、胡椒した鮭と、細長く縫った晒《さら》しの筒に煎茶《せんちゃ》と山椒《さんしょう》の実を詰め込んだものを用意する。火鉢に火を熾《おこ》し、鉄鍋の底に煎茶と山椒の実入りの筒をぐるりと回し置いて、端と端を結んでおく。鉄鍋の中央にサクの鮭を置き、かっちりと閉まる蓋で鉄鍋を密閉して、三刻《さんとき》（約六時間）ほど燻す。

火鉢被いの上で燻すのは何とも按配《あんばい》がよく、風味のいい燻し刺身のように出来上がる。

これは季蔵が紙で魚を包んで焼く奉書焼きから思いついたものであった。

——あと、一刻（約二時間）ほどだな——

今日の品書きはこれにハコベを使った一品を添えるつもりであった。

牛酪煮にすると記されていた阿蘭陀菜とは、何なのか、今もって季蔵にはわからない。

店の裏手に広大な薬草園を持ち、先代の長次郎《ちょうじろう》からつきあいがある、良効堂《りょうこうどう》の主佐右衛《さえ》門《もん》に訊《き》きに行ったところ、

「別名、オランダミミナグサのことでしょう。ハコベに似た種で食べることもできますが、あいにく、良効堂の薬草園《うち》にはありません」

首をかしげられてしまった。

そこでとりあえず、裏庭にぽつぽつと芽吹いているハコベで試すことにしたのである。

ハコベを塩茹でして、よく水に晒し、水気を絞り、細かく刻む。牛酪が手元になかったが、たとえ、溶かした牛酪でこれを煮含めても、美味《おい》しく仕上がるとは思えなかった。

それで煎り酒《いりざけ》、削りかつおと混ぜ、おかか和《あ》えのお浸しにした。

試食してみると、ほのかな甘味とシャキシャキした歯ごたえもあって、燻し鮭との相性はいいように思われる。

――だが、これでは馴染みの一品とあまり変わらない――

何かが違うと季蔵はため息を洩《も》らした。

――阿蘭陀料理に見放されている気がしてきた――

また、文が届いた。

今度はさめ善の娘おいくからのものであった。


その節はお助けいただき、ありがとうございました。親子で暮らせるようになるなんて、夢のようです。おとっつぁんがどうしても恩返しをしたいと言ってきかないのです。御存じですよね、きかないおとっつぁんの気性。前垂れと襷《たすき》をかけて、塩梅屋《あんばいや》で下働きをしてもいいとさえ言い出しています。今にも押しかけていきそうな勢いです。これればかりはご迷惑だと思うので、おっかさんとも話して、とりあえずは新酒をお届けすることにしました。

でも、これでおとっつぁんの気がおさまるとは思えません。瑞千院様があなたに注文された阿蘭陀御節供料理の件、おっかさんから聞きました。あたしでお役に立てることがあったら、どうか、遠慮なくおっしゃってください。

いろいろあって、あなたにまた話を聞いてほしいです。

いく

季蔵様

文が届いてほどなく、上方からの上等な下り酒が三樽《たる》も運ばれてきた。

この後、すぐ、

「邪魔するよぉ」

先代からの馴染み客である履物屋の隠居喜平《きへい》と、大工の辰吉《たつきち》が暖簾《のれん》を潜《くぐ》って顔を見せた。

「おっ、いいとこに来たねえ」

喜平はにやりと笑い、

「ほんとだ」

辰吉が相づちを打ったが、

「ただささ、ここでこんな豪勢なもんを見たのははじめてだよ。届け先が違ってんじゃねえのかい？」

ふと、案じる顔にもなった。

――ここでいただき物だと言えば、さめ善との関わりを話すことになる。お奉行様は言うに及ばず、田端《たばた》様や松次《まつじ》親分もわたしのことを決して吹聴《ふいちょう》などしないはずだ――

そこで季蔵が何も告げずに、

「早速、新酒を召し上がりますか？」

樽を開けようとすると、

「たしかに先代の長次郎さんの時にだって、見たことのない絶景だ。だから、まあ、今のところは止《よ》しとこう。この次来て、こいつらが、まだここに落ち着いてたら、届けてくれたお大尽とあんたの馴れ初め話でも訊いて、たらふく飲ませて貰《もら》うよ。今日はいつものをつけとくれ」

喜平の目が笑った。

二

離れの鮭はほどよく燻し上がり、季蔵は刺身に造るように包丁を滑らせた。つけて食べるタレは生姜醤油《しょうがじょうゆ》である。

「鮭とは今時の魚だね」

喜平が目を瞠《みは》った。

「どれどれ」

辰吉の箸《はし》が動いて、

「美味《うま》いっ！　がちょいと変わった風味が付いてる」

「わしは鮭の燻しと見たね」

喜平は燻し鮭の一切れを嗅《か》いで、まずは鼻で味わってから口へと運んだ。

「山葵《わさび》ではなく、生姜醤油とはさすが季蔵さんだ。それにこの生姜醤油の味がいい。強いだけが取り柄で、とかく大雑把な匂《にお》いの生姜の味がこれは何とも繊細だ。まさに小股《こまた》の切れ上がった年増女の味さね」

喜平がうっとりとした面持ちになると、

「好きだねえ、相変わらず」

辰吉は軽く睨《にら》んで盃《さかずき》を重ねた。

――これはいけない――

喜平と辰吉は連れ立って塩梅屋を訪れる仲のいい飲み友達なのだが、色好みを自称している喜平の女についての話は鬼門であった。

下駄を履く女の素足にそそられると言って憚《はばか》らない喜平は、優れた職人技の持ち主ながら、嫁の寝姿に見惚《みと》れたり、下働きの女の腰巻きの間を覗《のぞ》いたりといった愚行を重ね、見かねた倅《せがれ》に咎《とが》められて隠居の身になった。

この経緯《いきさつ》さえ、喜平には武勇伝で、女について語らせると、とりとめがなくなるだけではなく、時に辛口となり、辰吉が今でも惚《ほ》れきっている恋女房のおちえについて、

「あれは女ではない、褞袍《どてら》だ」

つい口を滑らせた時、

「よくも言ってくれたな、この助平野郎」

酒が過ぎていたこともあって、頭に血が上った辰吉が殴りかかり、周囲が止めてやっと事なきを得た。

以来、喜平の話が女の方に多少でも曲がると、辰吉はそう強くもない酒を呷《あお》り、喧嘩《けんか》寸前になるのであったがこのところはおさまっていた。

喜平が大病をしたこともあったが、指物師《さしものし》で仲裁役の一番若かった勝二《かつじ》が、親方でもある舅《しゅうと》に死なれ、一家を支えるために、この二人と飲み仲間でいられなくなったせいもあった。

――油断は禁物だ――

気がついていない喜平が、

「年増、年増」

満足げに呟《つぶや》きつつ、箸を進め、

「今年の師走は雪見酒」

うたうように独りごちながら、酒を注《つ》ぐ辰吉の手元がやや危うく、目が据わりかけてきているのが季蔵は不安だった。

そこで、何とかして、

「先ほどの生姜醤油の生姜は鮫皮《さめがわ》おろしでおろしました。山葵だけではなく、生姜にも鮫皮おろしはよろしいようですよ。絞り汁でもたしかに風味が勝ります」

話を料理に引き戻そうとした。

「今、鮫皮おろしと言いなさったね」

喜平は箸を下ろし、

「さめ善か――」

酒を注ぐ辰吉の手も止まった。

「酷《ひど》い話だった」

「まったくだ」

顔を見合わせた二人は、それから季蔵などそこにいないかのように、さめ善の主夫婦の冤罪《えんざい》による捕縛と、解き放ちになったその後についての話に花を咲かせた。

主夫婦がお縄になった後、奉公人が抜けた一件はおいくに聞いて、季蔵も知っていたが、夫婦が晴れてさめ善に戻ってからの話は初耳であった。

「まあ、やってもいねえことで、打ち首を覚悟してたんだから、拾った命を今後、どう使おうと好きにしていいかもしれないし、老いぼれの説教なんぞ、端《はな》っから聞く耳持たないだろうさ。だから、わざわざ出かけてって言う気なぞないが、お縄になったとたん、掌《てのひら》を返して出て行った大番頭や番頭、手代たちを、また集めたっていうのはどうもな」

喜平がぽんと餌《えさ》を投げると、

「こう見えても、大工ってえ仕事はいろんな家に出入りするから、たてた聞き耳がよく動くんだよ。何でもさめ善の善右衛門は、口入屋《くちいれや》を間に入れて、給金を上げて呼び戻してるってえ話だ」

すかさず辰吉が食いついてきた。

「呆《あき》れたね。暇を取った奉公人は、主をあっさりと見限った奴《やつ》らだろ。今更、忠勤に励むとは思えない。そんな連中を何で今更、呼び戻すのか、わしにはわからんね」

「何でも、暇を取った奉公人たちの新しい奉公先は、さめ善の同業がほとんどなんだとさ。

となると、これはもう主の意地だろうな」

「あんなことが起きても、辞めずにいてくれた奉公人たちの給金はどうなったんだ?」

「善右衛門は日頃《ひごろ》から、自分一人で商いが潤ってるって、真底思ってるから、奉公人には飯のお代わりを止《や》めさせるほど、ケチだってのはあんたも知ってるだろ。だから上げるわけはねえ」

——ようは届けられた酒樽は、奉公人たちの飯を倹約させてのものなのだな——

季蔵は心が翳《かげ》った。

「あれじゃ、娘も大変だ」

喜平が洩らすと、

「へえ、娘がいたのかい? 知らなかったよ」

辰吉はもっと話が聞きたいとばかりに身を乗り出した。

「わしの聞き耳はもう、あんたほど鋭く立たないが、それでも、汁粉や餅菓子が好きなおかげで、甘味茶屋や菓子屋で女たちの話を入れてるんだよ。娘の他に倅も一人いた。当然、跡取りの若旦那《わかだんな》として店で働いてたんだが、おやじとそりが合わないというか、叱《しか》ってばかりのおやじのがなり声についていけなくなって、一年近く前、店を飛び出してったきり、今もまだ帰ってきていない。両親にあれだけのことがあったのに、姿を見せないのだから、生きてはいないだろうという——」

「娘は年頃だろう? これという評判は聞いてねえな」

季蔵は一瞬案じたが、喜平はおいくの器量については語らず、

「親同士が決めた許婚《いいなずけ》の男がいる。米屋の東金屋《とうがねや》の跡取りで吉右衛門《きちえもん》」

「男前だけが取り柄の大店《おおだな》の道楽息子だな」

「そいつは両親があんなことになってすぐ、婚約を取り消した」

「願ってもじゃねえか、ああ、でも、まさか――」

「さっきのおまえさんの言ってた、奉公人の話と似たり寄ったりだよ。違いは東金屋の方から乗り気になってたってことさ。そいつを善右衛門は掌返しとは感じなかったようだ」

「自分が東金屋だったら、同じことをするからだろうさ」

「奉公人はまあいいとしても、掌返しの婿はとんでもない、わしはその娘さんに同情する。何とかならんものか」

喜平はやや悲しげにため息をついた。

「けど、相手は女には困らない男だよ。役者顔負けの東金屋吉右衛門が、一流どころの料理屋で芸者遊びをしてると、両隣の別の客のところに来てる芸者たちまで、そわそわ落ち着かないって話だ。こっそり襖《ふすま》を開けて覗き見したりして、後で女将《おかみ》に叱られるってさ。そこまでの奴だとさめ善の娘はきっとほの字だろ？　このままつっ走りゃ、善右衛門だっていずれ年齢は取る、あれほどのさめ善も道楽婿のせいで身代を無くすかもな。そうは言っても、人の恋路の邪魔だけは誰《だれ》にもできねえよ」

そこまで話した辰吉はすっかり酔いが醒《さ》めていた。

「お口直しです」

季蔵はハコベのおかか和えのお浸しを小鉢に盛りつけて勧めた。

再び箸を取った喜平は、

「こりゃあ、いいね」

相好を崩し、

「口の中がさっぱりする」

辰吉が大きく頷《うなず》くと、

――ハコベの牛酪煮も案外イケるかもしれない――

季蔵は心の中でほっと息をついた。

三

さめ善の話で盛り上がった喜平と辰吉は、

「考えようによっちゃあ、女房のおはんはともかく、あの善右衛門は帰れなかった方がよかったんじゃぁないかね。婿が金食いで実のない伊達男《だておとこ》じゃ、この先、血を分けた娘が苦労のしどおしさ」

「あんた、珍しくいいこというね、俺《おれ》もそう思ってたところよ」

和気藹々《あいあい》とした様子で帰って行った。

――そうだったのか――

おいくが文の最後に匂わせた一文を思い出して、季蔵は重いため息をついた。

いろいろあって、あなたにまた話を聞いてほしいです。

――それにしても懲りないというか、謙虚さなど微塵《みじん》もない男だ。そのせいで、娘さんが不幸になるかもしれないというのに――

善右衛門が届けてきた酒樽を見ているのが腹立たしく、おいくの先行きを想《おも》うと辛《つら》い。すぐにも先方に叩《たた》き返したい気分だったが、それでは角が立つどころか、激昂《げきこう》した相手に乗り込まれそうであり、ひとまず離れの納戸へ運んだ。

――今は瑞千院様から仰せつかった難関を、何としても突破しなくてはならない時だ。どうにかなるだろうというのは間違いで、これはなかなか手強《てごわ》い――

家に帰っても眠れそうにないので、店で夜を明かし、阿蘭陀御節供料理と正面から向き合うことに決めた。

紙を用意して硯《すずり》を引き寄せて筆を取る。思いつくままに書いてみた。

・腸詰とは何だろう？
・野鴨の丸焼きの下拵《したごしら》えや焼き方は？
・焼き豚とは？

・阿蘭陀菜の牛酪煮とは？
・ももんじの天麩羅は本当に美味いものなのか？
・カステーラとケイクの違いは中身のあるなしでは？（とっつぁんの考え）
「納め日が近づいているというのに、ようはほとんど、わからないことばかりではないか」

季蔵はひとりごちて肩を落とした。

念のため、先代の日記を確かめたが、阿蘭陀正月に供される料理については何も書かれていなかった。

ケイクについて以下のようにあっただけである。

本日、烏谷《からすだに》様が立ち寄られ、長崎は出島にて作られているという、丸焼きカステーラなるものを相伴した。紙焼きカステーラと丸焼きカステーラは同じものではない。紙焼きはいわゆる細長いカステーラで馴染《なじ》みがあり、丸焼きの方はケイクと言われていて、干したアンズとブドウが砂糖水でくたくたに煮られて、たっぷりと入っていた。おそらく牛酪使用と思われるが、生地も馴染みのカステーラよりずっしりと重い。ともあれ美味であった。いつか試してみたいと思い、思いついて、面白い形のものを茶道具屋に頼んだ。頼んだものの、使うかな？　隠居したら、これで遊ぶことにしよう――

このカステーラと異なるケイクについても、作り方は書かれていなかった。

――とっつぁんは結局、ケイクを作らず仕舞いだったのだろう。とっつぁんの書き置きだけで、味も試したことのない物をどうやったら作れるのだろう？――

せめて、今、三吉《さんきち》か、おき玖《く》がいてくれたらとふっと思った。これだけわからないものを作るには、助言や人手が必要だった。

――しかし、病人の看護をしているところへ、急を要するから、病人を放って店に出てきてほしいとはとても言えない――

そこで臨時に人を雇うことを考えついた。

――とはいえ、これはよほどあちこちの料理に通じていないと――

思い浮かんだのは、得意そうに火腿《ハム》の作り方を話してくれた、影親の長崎赴任にも同行した元鷲尾家家臣の食通五十嵐修一郎《いがらししゅういちろう》だったが、

――あの世に呼びかけても応えはないだろうし、駆け付けることもできぬだろう――

すでに故人であった。

切羽詰まった季蔵はいっそ、戸口に〝急ぎ、阿蘭陀料理の経験者、求む〟との貼紙《はりがみ》をしようかとさえ思ったが、

――それでは、お客さんたちに要らぬ心配をかけてしまう。その上この時勢、蘭学《らんがく》との関わりを疑われ、お上《かみ》に仕えている田端様や松次親分、お奉行様までも渋い顔をなさるこ

とだろう。この身がお縄になっては瑞千院様にも迷惑がかかる。もとより、どんなに詮議《せんぎ》が厳しくても、瑞千院様のお名を口にするつもりはないが、わたしが牢《ろう》に囚《とら》われて阿蘭陀御節供料理を仕上げることが出来なければ、瑞千院様はあれほどお心にかけておられる、お助け衣を続けられなくなって、さぞかし落胆されることだろう――

後先を考えて思い止《とど》まった。

――一人でやり抜くしかない、まずは肉ありきだ、明日、両国のももんじ屋に行ってみよう――

そこまで覚悟を決めると、季蔵は多少、気が楽になり、座敷に横たわるとすぐに眠気が来て、明け方までぐっすりと眠った。

まだ空は白んでいなかったが、起きて朝飯の支度に取りかかった。

米はあるが他は青物が少しだけで、菜になるこれといったものはない。

季蔵は思いついて、切り干し大根少々を水に漬けて戻し、小指の先ほどに切った。スルメを焼いて裂き、切り干し大根に揃《そろ》えて切り、適量の酒、醤油、味醂《みりん》に漬けておく。

半刻《はんとき》（約一時間）ほど置いて、これらを水加減した米と一緒に炊き上げる。味付けにはスルメの漬け汁を使う。

塩昆布をのせて食する。

醤油漬けのスルメの匂いが満ちて、仕上がりかけてきた時、

「おはようっ」

戸口で馴染みのある声が響いた。

「おはよう、早いな」

豪助《ごうすけ》である。

季蔵は挨拶《あいさつ》を返した。

「ちょっと会ってほしい女《ひと》がいるんだけど」

豪助は落ち着かない様子で戸口の方を振り返って、

「いいよ、入ってきなよ、大丈夫だからさ」

優しい口調で声を掛けた。

戸口が開いて、藍《あい》色の細かな縞木綿《しまもめん》を着た、小柄な若い女がためらいがちに入ってきた。うつむきながら、振り子のように頭を下げ続け、身体《からだ》全体が小刻みに震えている。豪助の隣りにすり寄るように立ったが、言葉は一言も発しない。

「まさか、おまえ――」

今でこそ豪助は、しっかり者の女房と可愛《かわい》い一粒種、善太《ぜんた》の父親だが、所帯を持つまでは、楚々《そそ》とした茶屋娘のいる水茶屋に通い続け、船頭の稼ぎだけでは足りず、早朝の浅蜊《あさり》や納豆の棒手振《ぼてふ》りで生計《たつき》を立てていた。

「違うよ、違う、違う」

季蔵の懸念を察して苦笑いした豪助は、胸の前で利き手を左右に大きく振った。

「これもいつもと同じで、女房からの頼まれ事なんだよ。ほんとは自分が頼みにこの娘に付き添うのが筋なんだろうけど、今の時季はべったら茶漬けが狙《ねら》いで、うちの漬物茶屋は朝から客がたて込むんで、代わりを頼むって、おしんに拝み倒されたのさ。なあ、そうだよな」

相づちをもとめられた女はやはりまた、顔を上げずに振り子のように頷いた。

「わかった、それで、何なのだ？　おしんさんからの頼み事とは？」

「回りくどい言い方はしない、この娘、お光《こう》をしばらくの間、雇っちゃくれないかって――。実を言うと、そもそもお光はうちでおしんの手伝いをしてたんだよ。おしんの話じゃ、料理の才があるそうだ。控えめで気立てもいい。何日か前、さめ善の旦那が好物のべったらをうちに買いにきて、塩梅屋の話をしてったんだ。兄貴は無実の証《あかし》を立ててくれた大恩人だって言ってたよ。その兄貴が阿蘭陀御節供料理とやらを請け負ってて、えらく難儀するだろうから、いざとなったら駆け付けて、自分も料理作りを手伝うんだとか――。あの旦那、熱に浮かされてるみたいにかなり本気でさ、そんなことまでされたら、兄貴が迷惑するだろうからって、おしんと二人で頭を抱えたよ。おしんときたら、俺に船頭を休んで兄貴を手伝えなんて言ってくるしね。俺なんて、舟を漕《こ》ぐしか能はないって分をわきまえてるだけ、さめ善の旦那よりはましなだけで、料理下手なのは同じだよ。その時、お光が言ってくれたんだ。〝あたしでよかったら――〟ってね。それで決まり。余計な節介だったかい？」

「そんなことはない、有り難いよ、恩に着る」

季蔵は知らずと豪助とお光に頭を下げていた。

――ここまで案じてくれる相手がいてわたしは幸せだ――

「大袈裟《おおげさ》すぎるぜ、何か気恥ずかしくなってきた――。それじゃあ、俺はこれで。後はよろしく」

豪助は戸口へと向かい、見送った季蔵は、

「おしんさんによろしく言ってくれ」

また頭《こうべ》を垂れていた。

四

「光です、よろしくお願いします」

そこで初めてお光は顔を上げた。

丸顔で目鼻口がやや散らかっているような印象を受ける。美人にはほど遠いが、かといって不器量というほどの個性も感じられない。別れてしばらくすると、思い出せなくなる、江戸八百八町のどこにでもいそうな若い娘がお光であった。

「何かお手伝いを」

お光は早速持参してきた桃色の襷を掛けた。

「朝餉《あさげ》は？」

季蔵は訊いた。

「今日は緊張してたんで——」

お光は顔を赤らめた。

「じゃあ、まだ食べてない？」

「ええ」

「それでは一緒に」

季蔵はお光を床几《しょうぎ》に掛けさせ、飯碗《めしわん》にスルメ飯を盛りつけ、勧めた。

「あら、故郷《くに》の近江《おうみ》飯」

お光が微笑《ほほえ》むと細い両目が二本の筋だけになった。

「へえ、このスルメ飯が近江じゃ、そんな風に呼ばれるんですか？」

「そうですよ」

「なつかしいでしょう？　沢山食べてください」

「ありがとうございます」

お光は近江飯とも言われているというスルメ飯を、ゆっくりと口に運んで四半刻《しはんとき》（約三十分）もかけて食べた。

「それでは、これからももんじ屋へ行きましょう」

季蔵はすでに前垂れを外していた。

両国橋を渡ったとたん、濃厚な生血の臭《にお》いが鼻を掠める。空を見上げるとカラスの群れが飛んでいた。獣肉の解体の際に捨てられる、食用としない内臓肉や骨の切れ端、ようはももんじ屋の出す、塵芥《ごみあくた》のおこぼれにありつこうとしているのであった。

夏にはこれらに蠅の大群が加わるのだが、今の時季ともなるとさすがに見当たらない。

季蔵とお光はももんじ屋　蝶々《ちょうちょう》の前に立った。ももんじは薬食いと決められているので、塩梅屋の品書きにももんじ料理が並ぶことはなく、季蔵がももんじ屋に足を運んだのはたったの二度で、長次郎に連れられて蝶々の暖簾を潜り、牡丹《ぼたん》と紅葉《もみじ》各々の鍋を食べた。

ちなみにももんじ屋では昼間、捌《さば》いた獣肉が客たちに売られ、夕方からは猪肉の牡丹鍋、鹿《しか》肉の紅葉鍋等をもてなす店に替わる。蝶々の店の名は、猪や鹿の肉が牡丹、紅葉と称され、これらにちなんだのである。

この時、長次郎は、

「店の名はなかなか洒落《しゃれ》ている。だがくれぐれも断っとく。ここで食べられるのは肉じゃぁなくて、薬だよ、薬。何もお上を憚ってそう思えってえんじゃない。冬場、ここいらの薬鍋が流行《はや》るのは、滋養になるっていうからさ。美味くて仕様がないから食うんじゃないんだよ。醤油と砂糖や味醂、味噌で煮たりするのは、ほんとはももんじのこの下はないほど、不味《まず》い食べ方なんじゃないかと思うね。そのうち、命があったら、美味いももんじ料理を拵えてみたいよ」

などとも言い、旨味《うまみ》がそっくり味噌出汁《だし》に流れてしまって、木っ端同然の猪肉が鍋の中で、ぐつぐつと煮詰まっている様子に目を凝らしていた。

さて今は、ももんじ屋蝶々の主が皮だけではなく、毛まで付いた猪肉を頭上にかざして大声を張り上げている。

「さあさ、皆さん、薬になる肉ですよ、薬肉、薬食い。今日の目玉は獲《と》れたて、活《い》き一番の猪だよ、猪の皮付き肉。持ってけ、泥棒ってね、これでどんな風邪も吹き飛ぶこと間違いなしですよぉ」

そんな亭主の脇を店から出てきた蝶々の女将がすり抜けて、肉のむっとくる臭いの白い息を吐き出しながら、こちらへと駆け寄ってきた。

四十歳を越えてはいるものの、常食しているももんじの効能か、丸髷《まげ》の中に白髪の見当たらない髪は豊かで肌の色艶《いろつや》もよい。

――何年も前に二度来ただけのわたしを、覚えているはずなどあり得ない――

季蔵が嬉々《きき》として近づいてくる、女将に当惑していると、

「あんた、やっとうちに帰って来る覚悟を決めてくれたんだね」

話しかけたのは隣りに立っていたお光にであった。

「その節はお世話になりました」

お光は丁寧に頭を下げて、

「今日からこちらに御奉公させていただくことになりました。ですから、こちらへはもう――」

季蔵の方を見た。

季蔵が女将に名乗ると、

「あの下級ご馳走《ちそう》で知られてる店ね」

低く唸《うな》るような声を出した。

塩梅屋では旬《しゅん》の魚などが過剰に出回ると、季蔵が思いついた美味い料理法を何枚もの紙に書き、それが食べて得心してくれた客たちの手を経て、市中に配られることがあった。瓦版《かわらばん》はこうした安上がりで美味しい塩梅屋の料理を〝下級ご馳走〟と呼んで、面白がりつつ、賞賛してきていた。

女将は先を続ける。

「うちで働いてた頃のお光ちゃんときたら、昼間はどんなももんじでも上手に捌ける特技があって、夜は鍋の下拵えや客あしらいまで上手だった。一人で二人分の働き手。それなのに、不意に一から漬物修業をしたいから、漬物茶屋に奉公したいなんて言い出して、脅してもすかしても泣いても、うちは子がいないから養い親になるって言っても、どうしても、引き留められなくて、あれから半年――。ずっと戻ってくるのを待ってたっていうのに――。働き者のお光ちゃんをその気にさせたのは、あんたのその顔だったんだね」

きりっと整った季蔵の顔を見据える相手の目が、敵意で鋭く光った。

「くわしくは申し上げられませんが、急遽《きゅうきょ》、ももんじ料理を作らせていただくことになりました。ついてはももんじについていろいろ教えていただきたいのです」

季蔵は謙虚だったが、

「今度のあんたの狙いは下級薬食いなんかね。お断りだよ、そんなもんが人気を呼んだら、誰もわざわざうちに鍋を食べに来なくなるじゃないの」

女将は金切り声を出した。

「ちょっと、待て。そうなりゃ、ももんじ肉がもっと売れるかもしんねえぞ」

亭主の主はまだ毛皮付きの猪肉を手にしている。

「だから、あんたは馬鹿なのよ。ももんじは魚とは違って、みんな薬代わりに仕方なく食べてて、家で煮ると臭くて嫌だから、うちに来てる。そもそも、ももんじなんて、そこそこは高いし、そうそう買う人が多い商いじゃぁないのよ」

女将の目は恨みがましく、変わらず季蔵を睨みつけていた。

お光は俯《うつむ》いたまま途方に暮れている。

――これではももんじ肉を売ってもらえそうにない――

「今日のところは出直しましょう」

季蔵はお光を促して蝶々と両国を離れた。

途中、横山町に立ち寄って牛酪をもとめた。ハコベの牛酪煮を是非とも試みたい。

ハコベ摘みと、茹でて水で晒してのアク抜きはお光が引き受けてくれた。

これを水と牛酪の入った鍋でさっと煮てみた。味をみると何か、一つ物足りない。少々の塩を加えてみると幾分よくなった。それでもまだ、何かが――と思い続けて、今度は別の鍋に水ではなく酒と牛酪を入れた。味にコクは出てきたが、ハコベの清々《すがすが》しい風味が薄れたように感じられる。

――阿蘭陀料理となると青物一つ、満足に仕上げられないとは――

またしても、季蔵は気落ちした。

お光は季蔵の勧めるままに、ハコベの牛酪煮を試食しつつも黙っている。

「何か気がついたことはありませんか？」

季蔵は訊かずにはいられない。

「あの、牛酪煮はハコベだけなのでしょうか？」

ややおずおずとお光は応えた。

「いや、人参や蕪の牛酪煮も拵えるつもりです」

「でしたら、そちらも作ってみては？　わたしにやらせてください」

お光は土間の大きな竹籠に入っていた人参と蕪を取り出すと、俎板《まないた》と包丁を使って一口大に切り、角を丸く面取りした。各々を鍋に入れ、水と酒の半量ずつに牛酪と塩少々を加えて煮含めていく。

出来上がった牛酪煮の人参と蕪を口に運んだ季蔵は、

「こんなに美味しい人参や蕪があったとは――。どちらも持ち味の甘味や旨味がこれ以上ないほど引き出されている――」

いたく感動して、

「人参や蕪も阿蘭陀菜のハコベ同様、一度茹でてから、牛酪で煮るのかと思っていたので意外でした。これが牛酪煮の胆ですね」

普段、馴染みのある人参や蕪を使っての牛酪煮だからこそ、やっと真髄に近づき得たのだと思った。

——茹でるとたとえ青物であっても、アクこそ抜けるが、旨味が減るのかもしれない。なるほど阿蘭陀料理ではアクも旨味のうちなのだな。何より牛酪にはアクをも包み込んで旨味に変える術《すべ》があるのだ、そして、教えてくれたお光さんはこのことをよく知っている——

季蔵はお光の阿蘭陀料理通を讃《たた》える一方、

——いったい、どこでこんな料理を習い覚えたのだろう？　まさか長崎？——

興味深く思ったが口にはせず、

「あなたが頼もしい助《すけ》っ人《と》だとわかりました」

神棚に向かって瞑目《めいもく》して手を合わせた。お光はあわててそれに倣った後、

「ただし、ハコベを茹でずに牛酪で煮ては、苦くてエグ味ばかり、不味くて食べられたものではありません」

そっと呟いた。

五

翌日、瑞千院から石窯と丸い焼き型が届けられてきた。

丸い焼き型は殿が長崎から持ち帰って、土産にとくださったケイク作りの型です。ただし、残念ながら、これを使う機会はありませんでした。石窯はカステーラだけではなく、ケイクも焼けるとのことでした。

生みたての卵を仕入れたばかりの季蔵は、

「カステーラの作り方は、先代の聞き書きが残っていますので、まずはとっつきやすい、これから取り掛かることにします」

季蔵はお光に告げた。

長次郎の日記にはカステーラの命は素材の良さと新しさであると書かれている。

「幸い小麦粉も挽《ひ》いて時が経《た》っていないものがありますし、砂糖も上質なものをもとめてあります。ああ、でも、生地を流す大きな四角の木枠がない――」

早くも季蔵が躓《つまず》きかけると、

「たしかにカステーラならではの形はあの木枠がないと――。わたしに探させてください。カステーラは木枠をもとめてからにしましょう」

お光が木枠探しを請け負ってくれた。

「泡立てる道具さえあれば、ここにあるもので牛酪ケイクが出来ますよ」

お光は丸いケイク型と小麦粉、牛酪、砂糖、卵を調理台に並べた。

「泡立てる道具？　どんな形です？」

「わたしが知ってるのは菜箸を束ねて、大きな茶筅《ちゃせん》のようにしたもの――」

――そういえば――

季蔵は離れの納戸に、茶筅を大きくしたような形の風変わりな道具があったことを思い出した。ケイクを口にしてすっかり感動した先代が、注文して作り置いてあったものにちがいない。

「これではないかと思います」

季蔵が離れの納戸から持ってきた泡立て道具を差し出すと、

「まあ、使い勝手がとても良さそう」

お光はにっこりと笑い、ケイク作りを始める前に、ケイク型の底と側面に牛酪を塗りつけ寸法の紙を貼り付けた。これらは型の底を紙に載せて切り抜いたものと、側面の高さを縦幅、底の周囲を横幅にとった帯状の二種である。

――これは書き留めておいた方がいいな――

季蔵は手控え帖《ちょう》を取り出した。

「ケイクの中に何か入れて仕上げますか？」

お光が訊いた。

「是非これを入れてください」

季蔵は秋におき玖のために作った、名付けておき玖飴《あめ》、無花果《いちじく》の甘露煮が詰まった壺《つぼ》を持ち出してきた。

——とっつぁんがお奉行様に裾《すそ》分けしてもらったケイクには、水菓子の砂糖煮が入っていて、美味だと絶賛していた。だからきっとこれが使える——

「ケイクの生地と合いそうですね。無花果の甘露煮を入れる分、砂糖を少なめにしておきましょう」

お光は砂糖の分量を三割ほど減らした。

さていよいよである。

大鉢に分量の牛酪を取ると、泡立て茶筅を大きく巧みに動かして、滑らかになるまで煉《ね》る。ここへ砂糖を二、三回に分けて入れて、泡立て茶筅でふんわりするまで混ぜ合わせる。

——見事に泡立て茶筅を使いこなしている、まるで泡立て茶筅が宙から気を大鉢へ送り込んでいるかのようだ——

季蔵は感嘆したが、どうしてこんなことまで出来るかとはもう思わなかった。そんな余裕などなく、追われるように作り方を書き留めていく。

さらに溶きほぐした卵も二、三回に分けて入れて巧みに泡立て茶筅を使い、小麦粉の半量を振り入れる。最初は底から返すように牛酪生地と粉を合わせてからぐるぐると混ぜていく。

粉っぽさがなくなって完全に混ざったら、残りの粉を振り入れ、煉るようにぐるぐるとさらに混ぜ、艶が出てさらにふんわりしたら混ぜ終わり。

——数えていて驚いたが、たいして時は経っていないというのに、百五十回以上、泡立て茶筅を動かして混ぜた。何という手際の良さだろう――

最後にお光は泡立て茶筅を木杓子《きじゃくし》に持ち替えて、無花果の甘露煮をたっぷりと加え、さっくりと混ぜ合わせた。

すでに石窯には火が入っている。

紙が敷かれた丸型にふんわりした生地を入れ、中火で半刻弱焼く。

「焼け具合を確かめてみます」

お光は焼きたての無花果の甘露煮入りのケイクに、竹串《たけぐし》を刺した。

「どろっとした生地が付いて来ないので、焼き上がっています」

お光は型からケイクを外すと、紙も取り除き笊《ざる》にとって粗熱を取った。

冷めたところで、季蔵は試食し、

「たしかにカステーラの味とは異なりますね。カステーラは卵の風味と甘味で、ケイクの方は牛酪の風味とコクのように感じました」

先代とほぼ同じ感想に到り、

「牛酪を使ってこそケイクなのですね」

念を押さずにはいられなかった。

「いいえ、牛酪を使わずに泡立てる卵の力だけで作るケイクもあります」

――ケイク一つとっても、何と奥の深いことだろう――

季蔵は心の中だけで深いため息を洩らし、

「ここにあるものだけで、クウクも作れますよ。石窯があるので一度に沢山、さくさくしたクウクが美味しく作れます」

お光はクウクの材料を揃え始めた。

「肉桂も入れてください」

季蔵は幸いにも残っていた肉桂粉の包みを開いてお光に渡した。

お光は大鉢に牛酪と卵、砂糖をよく煉り、肉桂と一緒にふるった小麦粉を入れてよく混ぜた。

「好きな形のクウクにしますので、厚めの紙に描いてみてください」

お光に促された季蔵は、咄嗟《とっさ》に梅の花の形を紙箱の蓋に描いた。おそらく、これが型代わりになると察して、鋏《はさみ》で切り取る。

お光は打ち粉をした俎板にクウクの生地を伸ばし、紙の型紙を置いては、包丁の切っ先を器用に使って、幾つもの梅の花を切りだしていく。

「せっかくの梅の花なので、蘂《しべ》や花弁の重なり具合も細工した方がいいでしょう?」

「よろしくお願いします」

季蔵の言葉にお光は頷き、鉄板に並べられて石窯で焼かれると、肉桂独特の風味に包まれつつも、一目で梅の花だとわかるクウクが出来上がった。

味わった季蔵が、

「肉桂の代わりに、下ろした柚子や蜜柑《みかん》の皮を少量使っても、なかなか趣きのある風味のクウクが出来ると思います」

ふと洩らすと、

「さすがですね」

お光に褒められ、少なからず間の悪い思いに陥った。

――お光さんがいなかったら、わたし一人では到底、ケイク作りはできなかったろう
――

この時である。

「塩梅屋さん、塩梅屋さん」

戸口で悲鳴にも似た悲痛な呼び声が聞こえた。

――聞いたことのある声のようだが――

季蔵が油障子を引くと、

「季蔵さんっ」

いきなり、さめ善のおいくがその場に崩れ落ちかけた。

「危ない」

抱き止めた季蔵は、

「いったい、どうしたんです？」

泣き腫《は》らしているせいで赤い顔のおいくに尋ねた。

「東金屋の吉右衛門さんが、許婚の吉右衛門さんが――」

おいくは掠れ声で、

「死んでしまったんです」

空《うつ》ろな目を季蔵に向けた。

「亡くなった？　本当ですか？」

「ええ」

おいくはこくりと頷いた。

「何でそんなことに？　急な病ですか？」

「いいえ」

今度もおいくは力なく首を横に振って、

「死んだんじゃありません、殺されたんです。殺したのは女なんです。この女も死にましたけど──」

やや恨みの籠《こ》もった目で訴えてきた。

「心中ですね」

季蔵がふと洩らすと、

「違うわ、違う、そんなこと、あるもんですか、殺されたのよっ」

おいくは激しく首を振って、固めた拳《こぶし》を季蔵の胸に打ちつけた。

六

「中へ入って少し休んでください、くわしい話はその後で」

季蔵は勧めたが、

「一緒に来てください、そして吉右衛門さんが殺された場所を見て。おとっつぁん、おっかさんの無実を晴らしてくれたあなたなら、あの男《ひと》が殺されたってわかるはずです――」

おいくは泣くまいと唇を嚙みしめて先に立って歩き始め、季蔵は、

「少しの間頼みます」

二人の緊迫したやりとりを聞いて、戸口の近くまで出てきていたお光に、急いで外した前垂れを渡して後を追った。

おいくの足は北へ向かっている。

「どこへ行くのですか？」

「小網町。おとっつぁんが懇意にしている船宿に舟を待たせてあるのです」

「吉右衛門さんはそこで、亡くなられていたのですか？」

江戸橋上で追いついた季蔵が訊くと、

「違う。向島のうちの寮よ」

おいくはぽつりと洩らした。

二人は待たせてあった舟で向島に向かった。

舟上で、おいくは、

「大掃除というほどではないですが、暮れですから、奉公人二人と向島の寮の掃除に行ったら、吉右衛門さんが――」

と、言ったきり押し黙ってしまった。

向島は富裕層の別宅が多く、庭の手入れが行き届いていて、桜や菊等の時季には仄《ほの》かな香りが楽しめるのだったが、師走の今は閑散としている。

さめ善の寮は船着場から離れた、奥まった場所にあった。広大な敷地の庭は、今は枝だけになっている桜の木々で埋め尽くされている。

「ここね、今は枯れ枝ばかり目立ってますけど、春には桜が盛りになるのです。おとっつぁんが花見の会を開いた時、来てくれた吉右衛門さん、目を丸くして見入ってくれてたわ」

門を開けて踏み石を進みながら、おいくは一時、起きてしまった惨事を忘れたかのようにしみじみと呟いた。

季蔵は無言でおいくの後をついていく。

玄関を入ると、

「お嬢様、ああ、やっと戻っておいでで――」

さめ善で季蔵から牛蒡餅《ごぼうもち》の重箱を受け取った小女《こおんな》が、腰を抜かしたまま、がたがたと震えている。

「もう、大丈夫よ」

おいくはさっきまでとは打って変わった落ち着いた物言いで、相手の肩に手を置いた。

「使いを出した東金屋さんはまだ？ うちのおとっつぁんは？」

「ええ、まだどなたもおいでではありません」

小女が季蔵の方を見て首をかしげたが、ほどなく、

「あの牛蒡餅の方」

震えも止まってほっとした表情になった。

「ご案内ください」

季蔵はおいくを促した。

「東金屋とさめ善から人が駆け付けてくるかもしれないから、おまえはここにいてちょうだい」

おいくは小女を残して廊下を歩き出し、季蔵も続いた。

――血の匂いはしていない、これは刃傷《にんじょう》ではないな――

おいくの足が止まって、奥座敷の障子が開けられると、折り重なって死んでいる男女の骸《むくろ》が目に入った。

女の華奢《きゃしゃ》な身体が上に乗って、男をしっかりと押さえつけている。男の身体に食い込んでいるようにも見えた。

――夏の終わりに草地でよく見かける、蟷螂《とうろう》の雌雄に似ている――

男を離すまいと女は必死である。空の盃を手にしていて、不思議にその表情は満ち足りていて、大年増ながらまだ美しい。片や男の方は常から美男で鳴らしたであろう、整った目鼻立ちではあったが、何とか、女と死から逃れようと、畳に血を吐きつつ、断末魔の恐ろしい形相のまま息絶えている。

「女の人は薬研堀《やげんぼり》の三味線《しゃみせん》のお師匠さんのお冬《ふゆ》さん、元芸者さん。ここで稽古《けいこ》をつけてもらうのも風流だって、吉右衛門さんは思ったんだわ」

隅に立て掛けられている三味線以外は、とり散らかっている座敷を季蔵はぐるりと見回した。膳がひっくり返り、箸や盃、皿小鉢が飛び散り、二体の骸の近くに大徳利が倒れて、畳に酒がこぼれている。危うく煮染《にし》めの人参や大根、煮魚の皮、刺身の欠片《かけら》を足で踏みかけた。

男物と女物の財布を拾い上げた季蔵は、早速中身を確かめた。女物の方が小ぶりではあったがずっしりと重い。

「どちらも小判入りだというのに無事です」

「そうなのね」

心ここにあらずで生返事をしたおいくに、

「さて、厨はどこにありますか？」

季蔵は訊いた。

おいくが案内してくれた厨には、俎板と包丁が使われ、鍋で煮炊きされた痕があった。

甘辛い醤油の匂いもまだ残っていた。道具はどれも綺麗《きれい》に洗われて、水気が切られていたが、調理台の上で乾かされていて、あるべき場所に戻ってはいない。

――お冬という女はここで料理をしたのだ――

おそらく、無味無臭の石見銀山鼠取り《いわみぎんざんねずみと》が使われたのだと思うと、季蔵はたまらない気持になった。

「心中に間違いないと思います」

季蔵の言葉に、

「なぜ？　座敷があんなに散らかっていたじゃないの？　強盗が二人の後を尾行《つけ》てきて、ここへ押し入って殺したのよ、そうに決まってます」

おいくは激しく首を横に振った。

「足跡を見てみましょう」

季蔵はおいくと共に縁先に出た。まばらに雪が残っている、湿った土の上に足跡は一つも見当たらなかった。

「さっきのわたしたちのように門から入って踏み石を歩いて中へ入れば、足跡なんてないはずよ」

なおもおいくは言い募った。

――どうあっても、二人が男女の仲で心中したとは思いたくないのだ――

季蔵は不実な相手をこれほど想っていたおいくが哀れであった。

――それだけに、今はおいくさんに真実を認めさせなければ、賊による許婚殺しの幻を追うことになってしまい、この辛い事実を乗り越えられないだろう――

「あの二人はおそらく毒死です。ところで座敷にあった大徳利はこの家のものですか？」

「さあ、ここで見たことなぞないですけど」

「だとすると、この家の中に賊が忍び込んでいたとしても、座敷にあったあの大徳利に毒を仕込むことはできません。吉右衛門さんが料理好きだったということもありませんね」

季蔵が念を押すと、

「吉右衛門さん、お酒と美味しいものが大好きでしたけど、作るのはね、その――」

それは賄い方の仕事だと言わんばかりに、おいくは言葉を濁した。

「だとしたら、大徳利は持ち歩き用で、吉右衛門さんか相手が持参してきたものです。ずっと座敷に置かれていて、二人、あるいは料理をしない男の吉右衛門さんと一緒だったはずです。これではいたとする賊も手を出せません」

「膳のものに毒を仕込めば――」

おいくは最後の頼みの言葉を発した。

「それでは勝手口から裏へ行きましょう」

季蔵はおいくを促した。

「やはり、縁先同様、足跡はありません」

季蔵は言い切ったが、

「嵯峨屋さんの時とは逆に、わからないように消し去ったのかも――」

それでもおいくはまだ呟いた。その癖、この言葉に何の確証も抱いていないことは、呆《ほう》けたようなその表情でわかった。

「ありがちな、殺しなのに心中と思わせる手口ですね。でしたら、財布の中身が無事なのはおかしいでしょう？　わたしが賊なら財布ごと、そうでなくても小判はいただきます。金目的で二人を殺したのなら、見逃すはずなどないのです。それとも、吉右衛門さん、お冬さんに、誰かに口を封じられなければならない、後ろ暗いところでもあったのでしょうか？　お心当たりでも？」

季蔵はなおも理詰めで迫った。

「調べ尽くして知っていた吉右衛門さんはただの放蕩者《ほうとうもの》の色男です。お冬さんの方も調べました。お冬さんは一度落籍《ひか》されて、大店のご主人のお妾《めかけ》になったことがあり、突然、そのご主人が病死すると、着の身着のままで追い出され、習い覚えた三味線で食べていく外、道はなかったようです。暮らしぶりはことのほか、地味だったと聞いています。あれだけの器量を持ち合わせていたのですから、黒幕の駒《こま》であったとしたら、ただの駒ではあり得ません。人目にたつほど贅沢《ぜいたく》な暮らしや身形《みなり》をさせて貰えていたはずです」

ことごとく、季蔵の言い分を撥《は》ね退《の》けてきたおいくの口調が理路整然と改まった。

そこで、すかさず、

「ここの座敷で、二人があのような姿になった経緯をお話ししてもいいでしょうか？」

これがおいくにとって、決定的な楔《くさび》になるであろうとわかっていて、季蔵が告げると、

「お願いします」

相手は唇を嚙《か》みしめた。

七

「大徳利は吉右衛門さんの酒好きを知っていたお冬さんが用意したものでしょう。おそらく毒は酒に混ぜたのだと思います。ここへ誘ったのは吉右衛門さんではなく、お冬さんだったのでは？　その理由は後でお話しします。共に座敷へ入った後、お冬さんは厨で肴を拵えました。その間に吉右衛門さんが毒酒を飲んで息絶えているはずでした。お冬さんもすぐに後を追うと決めていたので、厨で使った道具を綺麗に洗い清めたのです。毒酒の盃に加えて、皿小鉢に肴が盛られた死出の膳は、お冬さんにとって、二人だけの祝言《しゅうげん》の宴でもあったのです。お冬さんは祝い膳を前に、吉右衛門さんと並んで横たわり、静かに旅立つつもりだったのでしょう。ところが膳を手にして戻ってみると——」

「死にきれない吉右衛門さんが、のたうち回っていたのですね」

——賢いおいくさんは、本当は何もかもわかっていたのだな——

「その通りです。吉右衛門さんは苦しみながらも、運ばれてきた膳に八つ当たりしつつ、お冬さんを罵《ののし》って、大暴れしたので、座敷はあのような酷い様子だったのです。吉右衛門さんはただただ、死にたくない一心だったのでしょう」

「無理心中」

おいくはきっぱりと言った。

「一方、お冬さんの覚悟は何があっても変わりませんでした。吉右衛門さんは何とかして、廊下に這《は》い出ようとしたはずです。それをお冬さんは自分の身体を楯《たて》にして、必死に防いだのです。そして、いよいよ、吉右衛門さんが倒れて弱りきったところで、自分も毒酒を呷ったのでしょう」

「でも、隣りには並べなかった――」

「ええ、最期の最期まで吉右衛門さんは生きようと必死だったからです。力を振り絞って障子まで這いかけたはずです。そこへ気がついたお冬さんが乗って押さえつけたのです。あのような姿で見つかったのは、お冬さんの方が僅《わず》かな時でも長く、生きていたからだと思います」

「男と女って凄《すご》すぎます」

おいくはぽつりと呟き、

「どうして、お冬さんがここを死に場所に選んだかをお話ししなければなりません。それは、近く、吉右衛門さんがあなたと夫婦《めおと》になることを知ってのことだと思います」

季蔵は告げた。

「ようはわたしへの当てつけですね」

おいくは苦渋に満ちた表情で、

「遊び好きの吉右衛門さんにとっては、祝言などそう大したことではなくても、お冬さんにはあまりに目映《まばゆ》い憧《あこが》れだったのでしょう」

季蔵は大きく頷いた。

そこへ、

「お嬢様、お嬢様」

玄関にいるはずの小女の声が甲高く響いてきた。

二人が玄関へと回ると、

「今、ほとんど同時に旦那様と東金屋さんから文が届きました」

座敷を覗き、再び骸を目にして戻ってきた小女は、まだ青い顔のまま、二通の文をおいくに手渡した。


当家の寮に盗《ぬす》っ人《と》が入って殺し合ったと聞き、番屋に届けておいた。座敷の清めは後日とする。かまいなく、直ちに店に戻るよう――。

善右衛門

向島のさめ善寮に盗っ人の骸ありと聞きました。当家所縁《ゆかり》の者かどうかは、番屋にての骸改めにて見極めます。もとより向島へはまいりません。

東金屋治郎右衛門《じろうえもん》

おいく様

おいくは二通の文を季蔵に見せた。

「二人とも盗っ人扱いだわ、酷いっ。吉右衛門さんは東金屋さんには血を分けた息子で、おとっつぁんにとっちゃ、娘婿になる男だったのに、ここへ駆け付けてこないなんて――」

憤懣《ふんまん》を吐き出したおいくを、

「そうは言っても、さめ善さんも東金屋さんも、この死に方を表沙汰にはしたくないでしょう。善右衛門さんはあなたのために、東金屋さんは今後、さめ善さんと不仲にならないために、考え抜かれた大人の配慮のように思います」

季蔵が宥《なだ》めると、

「わかります。わかってますけど、やっぱり酷い」

突然、おいくはわーっと大声を上げて泣き始めた。

この後、季蔵は向島の船着場までおいくと小女を送った。やって来たその舟から田端と松次が下り立ち、一刻半（約三時間）後には、三人は二体の骸と一緒に舟に乗っていた。

「まあ、お役目柄、慣れちゃいるもんの、ここまでの無理心中、いや相対死《あいたいじに》の骸は初めて見たよ。それにしても、同じ男としちゃ、羨《うらや》ましいような、怖いような死に様だねえ」

松次が呟いた。

心中という言葉は幕府が使用を禁じていたので、公には相対死と言わねばならなかった。

三人で試みてはみたが、吉右衛門の身体からお冬を引き離すことはできなかった。死後の固まりのせいもあって、骸は背中に女体の瘤《こぶ》が出来て、無残にも取り殺された一人の男のようにも見えている。

「いずれ三日も過ぎれば、互いに固まりが緩んで離れる」

田端の言葉に、

「それはそれで女は切ないでしょうよ、どうにも離れたくなくて、心中を仕掛けたんだろうからさ」

松次はふうとため息をついた。

骸が運ばれた番屋には東金屋の大番頭が確かめに訪れただけで、父親である治郎右衛門は姿を見せなかった。

その後、固まりが緩んだ頃、吉右衛門の骸は東金屋の菩提寺《ぼだいじ》へと引き取られて行った。本来なら、心中死した骸は不義密通の罪人として捨て置かれるのであるが、東金屋が四方八方に手を回し、なんとか埋葬までこぎつけた。もとより身寄りのない、天涯孤独のお冬の骸は吉右衛門と引き離され、その後のことは知る由もない。

お光が市中のカステーラ屋をくまなく回って、木枠を譲り受けてきてくれたので、季蔵はカステーラを傷心のおいくのいくらかでもの慰めの品に決めた。

——太閤《たいこう》様が喜んで召し上がったというカステーラなら、高価ではあるものの、誰もに馴染みのある南蛮菓子だ——

カステーラの作り方は先代の日記に以下のようにある。

カステーラで大事なのは卵の泡立てである。これが充分でないと、どんなに新鮮な卵や上質の小麦粉、砂糖が使われていても、ふっくらと仕上がらず、到底、カステーラとは呼べない代物となる。これには卵の黄身と白身を一緒に泡立てる共立てと、別々に分けて泡立てる別立ての二種がある。

泡立てに慣れていない素人は別立てがよい。卵の白身に砂糖の分量の半量を加え、ぴんと角が立つまで泡立て、残りの半量の砂糖と混ぜた黄身が、白っぽく淡黄色になるまで泡立てる。これに小麦粉を少しずつ加えながら、くれぐれも白身の泡を潰《つぶ》さないよう、篦《へら》でさっくりと混ぜ合わせると、カステーラの生地ができる。

慣れた者が共立てをよしとする理由は、時は倍近く長くかかるものの、釜に入って、熱が加わった時、白身と黄身の泡の大きさが均等だと、よりきめ細かな種となり、ムラがなく、熟《こな》れた風味となるゆえとされている。

カステーラ用の木枠に紙を敷き、引き釜、または石窯でじっくりと焼き上げる。ただし、釜から出す、一瞬の判断がむずかしいという。

——一瞬の判断とは？——

季蔵がカステーラが焼けている石窯の前に釘付《くぎづ》けになっていると、

「そろそろ——」

お光は慣れた手つきで石窯から木枠を取り出し、

「ここを人差し指の先でそおっと触ってみてくださいな。張りがあったら焼き上がり、柔らかすぎたら、もう一度中へ戻さないと。あっという間に縮んで固くなってしまう——」

狐《きつね》色の表面を指差した。

言われた通りに指で試した季蔵は、

「しっかりと張りがある」

ほっと安堵《あんど》した。

出来上がったカステーラを木枠から外す。

これを口にした季蔵は、

「ケイクの真骨頂が深い風味なら、カステーラの奥義は口当たりではないかと——」

極上のふわり感に感嘆した。

——舌に溶ける干菓子や落雁《らくがん》とも異なる、より繊細な菓子だ。舌に馴染みながらふわり、ふわりと、甘味と風味が心地よく喉《のど》を通っていく——

お光はこれに応える代わりに、菓子楊枝《ようじ》を使ってカステーラを口に運んで目を筋に細めた。

「何だ？　この匂い？　よくわからねえが、何か新しい美味いもんでも拵えたのか」

松次の声が戸口から聞こえてきた。

「よろしかったら」

季蔵は焼きあがったばかりのカステーラを一切れ、皿に載せて、松次に勧めた。

「これが、カステーラか」

喜色満面で一口ほおばったが、すぐに菓子楊枝を置いた。

「実はな。ちょっと聞いてほしいことがあって――」

松次はやや声を低めて切りだした。

「話してください」

季蔵は促した。

――わたしも何かが、胸の中にもやもやと引っ掛かっていた――

第四話　香り冬菜

一

松次《まつじ》はお冬《ふゆ》について話し始めた。

「実はね、俺《おれ》はお冬を知ってるんだ。独り暮らしでこれといった趣味がねえもんだから、ちょいと三味線《しゃみせん》を習おうかって思ったことがあるんだよ。なに、死んだ女房の形見の三味線があったからさ。三味線や長唄《ながうた》の師匠ってえのは、たいていは器量好《よ》しの色街出の女で、暇潰《つぶ》しに通ってきてる大店《おおだな》の旦那《だんな》衆を、色香に任せ、手玉に取って貢がせる、海千山千が相場なんだが、おっと、いけねえ、お奉行様のところのお涼《りょう》さんは別だよ、別、このお冬も別だった。通い始めたもんの、田端《たばた》の旦那はあの通り、お役目一筋だろ?、呼び出しが多くて、習ったとこをさらうこともできねえ、そのうちに通うのも難しくなった。それでも、俺の方の都合で稽古《けいこ》に行けねえんだからと、月々の謝儀（月謝）は払ってたんだよ。そんなある日、お冬が訪ねてきて、〝稽古もつけていないのにいただくわけにはいきません〟って、稽古してない分の謝儀を返してよこしたのさ。そん時の言い草が〝お金は誰《だれ》にとっても、大事なものでございますから〟だった。正直見直したね。気概も思いやりもあるてえした女だと思った」

「色恋の道はまた別だと言います」

「まあ、そうなんだろうけど、あのお冬がどうやって、吉右衛門《きちえもん》の祝言《しゅうげん》のことを知ったのか、気にかかった。お冬は薄々、吉右衛門の相手は自分だけじゃないって知ってたろうし、噂《うわさ》に振り回されて吉右衛門を問い詰めたり、見張ったりする性質《たち》じゃねえ。誰かが、こうなりゃいいってえ、悪意で耳に入れたんだと思う」

「お冬さんのお弟子さんたち、大店の旦那衆ではないのですか？」

――旦那衆の中には、吉右衛門さんとさめ善《よし》のおいくさんとのことを、知っている人たちもいるはずだ――

「色香が狙《ねら》いで弟子になり、お冬に言い寄った旦那衆たちは、ことごとく断られて辞めちまってたから、弟子は娘っこたちだけになってた。それに諦《あきら》めた相手のとこへ告げ口に行くなんて無粋な真似《まね》、お江戸の旦那衆はしねえもんだよ。娘たちの方には、親や客たち、奉公人たちの話に耳をそばだてる者はいるだろうから、片っ端から訊《き》いてみた。皆、さめ善夫婦が打ち首にされかけたことは知ってたけど、吉右衛門とおいくとの祝言までは誰も知らなかった。けどな――」

松次は片袖《そで》から千代紙が貼《は》られた小箱を取りだし、蓋《ふた》を開けて、真っ赤な紙の花を季蔵《としぞう》に見せた。

一瞬、烏谷《からすだに》から贈られた瑠璃《るり》の椿《つばき》が思い出されたが同じではない。ただでさえ細い三日月型の花弁が外へ向かうにつれて、鎌《かま》の輪郭のようにさらに細く鋭く四方八方に広がっている。

「彼岸花ですね」

「こいつは長月《ながつき》の頃、娘っこたちの一人が稽古中、ひょいとお冬を訪ねてきた若い男が落として行ったもんだそうだ。そいつは三味線を抱えて弟子になりたいと言ってやってきた。拾った娘は今度会ったら返そうと、大事にこうして箱にしまっていたんだそうだが、いっこうに姿を見せなかった——。だが、その男が来てからというもの、お冬の青い顔は何やらいつも悩んでいる様子で、言葉の数が減り、時に稽古中も上の空だったという」

「吉右衛門さんとおいくさんの祝言を、その若い男が伝えたと？」

「吉右衛門本人がお冬に言わねえ限りな。あいつについても調べたが、とにかく女が好き過ぎて、あいつほど嘘《うそ》が上手《うま》い奴《やつ》は滅多にいねえだろうよ。つきあいのあった女たちの中には、〝約束はしてくれるのに、なかなか会ってくれなくなった時は袖にされた、他に女が出来たと思って、かーっと頭に血が上ったけど、今じゃ、いい夢見させて貰《もら》ったと思ってる〟なんて、言ってるのもいた。ここまでになると、おめでたすぎるが、お冬だって生《き》娘《むすめ》じゃない、分別のある大年増だよ。潮が引くように、だんだん、少しずつ、吉右衛門が避けるようになりゃあ、そのうち、きっと諦めたにちげえねえと思うんだ」

「どんな様子の男でした？」

「娘っこはどうとも言ってなかった。背丈は人並みの男より低かったと聞いたが、顔はよく覚えてもいないようだった。吉右衛門のような男前だったんなら、あれこれと褒め千切っただろうし、あわよくば、花を返すのを口実に——という気もあったかもしれねえが——。だから、どこにでもいて目立たない、ごく普通のありきたりの男なのだろうさ」

「なるほど」

——恐るべしは惨事へとお冬さんの背中を押して、吉右衛門さんともども奈落へと落とした告げ口の主《ぬし》だな——

季蔵はやっと胸のわだかまりが多少減じたが、

「ただし、告げ口の理由がわかりません。告げ口の主が女なら、吉右衛門さんを想《おも》う一人で嫉妬《しっと》ゆえの企みだったのでしょうが、若い男となると、募らせていた、お冬さんへの想いが昂《こう》じてのことだったとも思えません」

首をかしげずにはいられなかった。

「そうなんだよ、だが、手掛かりはこいつしかねえもんだからさ」

松次は季蔵の手の上の彼岸花を見た。

「これ、預からせていただけませんか？」

「おや、当てでもあるのかい？」

一瞬松次の目が光った。

「まあ、ちょっと」

季蔵は早速瑠璃のところへ行って、もう一度松栄軒花《しょうえいけんか》の著作〝桜紅葉都錦《さくらもみじみやこにしき》〟を確かめてみるつもりであった。

「何かわかったら、必ずいの一番に報《しら》せてくれ」

「もちろんです」

松次を見送った季蔵は南茅場町《みなみかやばちょう》へと向かった。

「おいでなさいまし」

常のように迎えてくれたお涼は、

「今、ちょっとね」

季蔵の腕をひっぱって、門の外へ出ると、

「ここから中をご覧ください――」

薄桃色の山茶花《さざんか》が咲く生け垣の前に季蔵を座らせた。

言われた通りにすると、縁先に面した座敷で瑠璃が一心に紙花を造り続けていた。

赤、白、黄色、桃色、紫、青等と、季節を問わず、さまざまな時季の花が縁側に並んでいる。種類によっては枝葉もあり、ここから見ていると摘まれた花のようにも見えた。

なす紺に白い縁取りのある朝顔だけは、ぱっと目についたが、それ以外の種類はわからない。

――まさに百花繚乱《りょうらん》だな。でも、なにゆえに瑠璃は時季でもなく、つぶさに見ることのできない朝顔まで造ることができるのだろう――

「あんまり瑠璃さんの紙椿が見事なんで、椿以外の紙花も造れたら、さぞかし、楽しかろうと思った旦那様が、〝桜紅葉都錦〟の型紙本を探してくださったのです。この紙花造りが秘伝であるならば、もとより、〝桜紅葉都錦〟などという本は世に出ていないはずで、こうして、出ているのであれば、型紙がないはずはないというのが旦那様のお考えでした」

季蔵は松次から預からせてもらった小箱を開けて、取り出した彼岸花を掌《てのひら》に置くと、縁側の紙花に目を凝らした。

「それはまだのようです」

彼岸花を見たお涼が言った。

「そうおっしゃるからには、これの造り方が、〝桜紅葉都錦〟とその型紙本に載っているのですね」

「はい、女とは不思議なもので、男の旦那様などぱらぱらとめくって中身を確かめただけでしたが、あたしときたら、いい年齢《とし》をして、どうにも気が惹《ひ》かれてなりませんでした。それで瑠璃さんが休まれた後、本と型紙本を照らし合わせていました。本と型紙から仕上がりを想い描くのが楽しくて——。ですので、瑠璃さんがこれから造る彼岸花は、間違いなく、〝桜紅葉都錦〟と型紙本に載っていて、たぶん、お手持ちのもののように仕上がるはずです。でも彼岸花の型紙、実は菊にもよく似てるんですよ。ただし、菊の方が三日月型の花弁が、彼岸花ほど細くなくて、鎌のようにも見えません」

お涼は薄く頬《ほお》を赤らめると、片方の袂《たもと》から大輪に咲いている黄色の菊の花を取り出した。

「袖に入れておくと、うっかり潰さないようにするのが難儀なんですけど、何とか大丈夫。これ、虎吉《とらきち》がちょうど昼寝をしてた隙《すき》に、瑠璃さんからいただきました。今もそうですけど、このところ、瑠璃さんの拵《こしら》えた紙花を見せてもらいたくても、虎吉がいると近づけないんです」

お涼はやや眉《まゆ》を寄せた。

縁側に虎吉が出てきていた。虎吉は水仙の花の茎を咥《くわ》えていて、縁側に並べてある、横一列の紙花の右端に注意深く落とした。

「ああやって、仕上がった紙花を並べていて、部屋に入ったりすると唸《うな》り声を出すんです。虎吉も雌できっと花が好きなんでしょうし、何より、瑠璃さんが造り出すものは、瑠璃さんと同じで、護《まも》らなければと思っているのでしょうね」

その虎吉が並んでいる紙花の中ほどに座った。耳と目と髭《ひげ》が小刻みに動いて、周囲を警戒している。

「あの様子を見た旦那様が大笑いして、虎吉に紙花屋瑠璃の名の入った法被《はっぴ》を着せたいくらいだとおっしゃってました」

お涼も温かく微笑《ほほえ》んだ。

それからしばらく瑠璃を見守り続けた後、季蔵は番屋に立ち寄ったが、松次は居合わせていなかったので、預かった彼岸花の小箱に文を添えて置いた。

この彼岸花の造り方の書かれている本の名は間違いなく、〝桜紅葉都錦〟、型紙本も売られています。これらの作者松栄軒花が若い男であってもおかしくはありませんが、型紙本があるので作者に限らず、造ることができます。

二

――我ながら、当然すぎる間抜けた言伝《ことづて》だな――

季蔵が塩梅屋《あんばいや》まで帰ってくると、おいくが訪ねてきていて、店の小上《こあ》がりに座っていた。厨《くりや》からは桜の木片と共に、豚肉を燻《いぶ》す独特の匂《にお》いが立ちこめている。お光《こう》が燻《いぶ》し豚を作るために、吊《つる》して熟成させた豚肉の塊を鉄鍋《てつなべ》で燻していた。

元日は暮れのうちに作り上げた阿蘭陀《オランダ》御節《おせちく》供料理で祝う予定でいたのだが、とても間に合わない。

――わたしの力不足だ――

季蔵は月並みではない阿蘭陀御節供料理が振る舞えないのが残念でならなかった。

一方、離れに吊して拵えていた火腿《ハム》は燻す際、襖《ふすま》で囲んだ中で育てる促成の大葉で風味付けしたいと季蔵は主張したが、お光はやはりここは本格的にローゼマライン（ローズマリー）も使うべきだと譲らず、両方作ることにした。

ローゼマラインがある当ては良効堂《りょうこうどう》しかないと季蔵が告げると、お光は飛ぶ勢いで良効堂の薬草園に行き、片隅から、冬でも常緑のローゼマラインを探し出し、棘《とげ》のように見える小さな葉が、無数についている枝を持ち帰ってきてくれたのだった。

これに熱が加えられると、

――冬でも春を感じさせ、緑の野山を想わせる、濃いさわやかさだ――

季蔵は久々に活力を貰い受けたような気がした。

「何かまた？」

季蔵が案じる物言いをすると、

「ええ、まあ。でも、ここではちょっと――」

おいくは俯《うつむ》いた。

「それでは――」

季蔵がおいくを離れへと案内しようとすると、

「これをお持ちください」

お光が二人分の湯呑《ゆの》みが載った盆をおいくに渡した。

「ありがとう、お世話をかけます」

おいくは礼を言い、ほどなく、二人は離れで向かい合った。

「ローゼマラインはよほど匂いが強いのですね」

離れの座敷にもこの匂いが漂っている。季蔵は燻しの煙が着ているものにまで、付いてしまったのかもしれないと思い、片袖を鼻に当てた。

「違います、これです」

おいくはふふっと笑って盆の上の湯呑みを指差して、

「これ、ローゼマライン茶っていうのだそうですね。異国では、朝、ぱっちりと目を覚ましたい時だけではなく、気分が滅入《めい》った時にも飲むと良いのだとか――。お光さんが教えてくれて、あたしに振る舞ってくれたのです。あたし、ここへ訪ねてきた時、今よりもっと思い詰めた、酷《ひど》い顔をしていたんだと思います。これを飲んだら、不思議にも、しばらくぶりでお日様に会えた草木みたいに、少し、気分が明るくなりました。それで厚かましくもおかわりをねだったんです」

二杯目のローゼマライン茶を啜《すす》った。

倣った季蔵は、

――たしかにな――

またもや活力がもたらされるのを感じた。

「お話は吉右衛門さんのことでしょうか？」

季蔵が促すと、

「あたしね、あれから何日も過ぎて、落ち着いてきたら、あたしがお冬さんのようなことをしたかもしれないって、思うようになったのです。それであたしが吉右衛門さんのお墓に行かないのが、一緒のお墓には入れなかった、お冬さんへのせめてもの供養だって今では思ってるんです」

おいくは知らずと手を合わせていた。

「それでは御両親のことで何か？」

――善右衛門《ぜんえもん》さんのことだ、吉右衛門さんの代わりに、また、誰か、商いに有利な相手をおいくさんの婿にしようとしているのではないか？――

「おとっつぁんは〝一度失《な》くしかけた命だというのにこうして生きているのは、わしには運がついているからだ、江戸一の大商人になってみせるぞ〟って言い出して、蜜柑《みかん》やお米、材木――手当たり次第に先物取り引きをしてるのです。今までの鮫皮おろしや金鮫等の商いはそっちのけ――。先物取り引きって大きな賭《かけ》で、荷を乗せた船が嵐で沈んだら、お仕舞いなんですよね？　心配です」

――おいくさんにまた、婿取りの話が持ち上がっていないのはよかったが――

「誰か止める人はいないのですか？」

「賃金を上げて呼び戻した奉公人たちが止めると思いますか？　いつまでも子ども扱いのあたしの言うことなんて、まるできききません。仕事の話に入ろうとすると、お菓子とか、簪《かんざし》、晴れ着なんかで誤魔化そうとするのです」

おいくはため息をついた。

「お内儀さんでは駄目ですか？」

「おっかさんは弟の好太郎《こうたろう》にあんなことがあってから、沈みがちで、あたしともあんまり口をきかなくなってるのです。おとっつぁんが何をしようが、ほとんど気にならないみたいです。多少具合の良い日もあるようなのですが、やっぱり駄目で。お医者さんは重い気鬱《きうつ》だという診立てです」

「あんなことって？」

「家を出て行ってしまった弟が怪我をしたと報せてくれた人がいるのです」

「弟さんの居所がわかったのですね。で、怪我の具合は？」

「おかげさまで」

「それはよかった」

「あたしだけには、話してくれてもよさそうなのですけど、実はおっかさん、自分にあんなことが起きて、打ち首になりかける前、好太郎を探し当てて会ってたのです。おとっつぁんに詫《わ》びを入れて、家に帰ってくるよう口説いてたみたい――」

「それでも好太郎さんはうんと言わず、両親がお縄になっても店には戻らなかったのですね」

「弟は言い出したら曲げない頑固者なのです」

「お内儀《かみ》さんが言わないのに、どうして、あなたは好太郎さんの居所がわかったんです？」

「報せを聞いて駆け付けると、つい半月ほど前にも怪我をしていたと知りました。その時、守り袋から名の書いてある札が見つかったとかで、報せてくれていたんです。でも、おっかさんだけがそのことを聞いて、あたしたちに黙っていたんです。今回はおっかさんが出掛けていて、いなかったのであたしが聞いたんです。それで、すべてわかったんです、おっかさんが最近沈みがちで重い気鬱になっている理由が。前は材木が倒れて下敷きになりかけ、今度は人気のない切通しを歩いていて、上から石が落ちてきたんだとか。そんな偶然、ちょいちょいあるものではありませんよね。二度あることは三度ある。弟のことが案じられてならないのです。でも、弟ときたら、あたしがおとっつぁん、おっかさんの話をすると、〝俺はおとっつぁんの言うことをきいて、似たような生き方はしたくないし、おっかさんには親不孝を通すつもりだ〟って、言い張るばかりなのです。弟にもしものことがあったら、おっかさんはどうなることか──」

おいくは静かな話しぶりではあったが、目に涙を溜《た》めている。

──勝ち気そうなこの女の心根は実は優しく、それゆえ、悲しいことが多すぎるのだ

──胸に迫るものを感じた季蔵は、

「好太郎さんの居場所はどこです？」

思わず訊いてしまっていた。

「弟にさめ善で養生するよう、話してくださるのですね」

「せめてあなたのお気持ちだけは伝えたいと思います」

「ありがとうございます」

おいくは畳に手をついて丁寧に礼を言った。

いよいよ新年を迎えた。

例年、塩梅屋は朝から店を開けるのがならわしであったが、今年は油障子に貼られた

諸事情により、正月は休ませていただきます。

塩梅屋季蔵

という貼紙が常連客を迎えることとなった。

季蔵はと言えば、例年通り、大晦日《おおみそか》、塩梅屋の戸口で暖簾《のれん》を抱えて耳を澄ましながら新年を迎え、七ツ（午前四時頃）の鐘が鳴り終わったところで、降りしきる雪の中、井戸から若水を汲《く》み、神棚に供えると件《くだん》の貼紙をして長屋に帰っていた。阿蘭陀御節供料理を振舞えないことが辛《つら》くて、悔しくてならなかったのである。

——とっつぁん、すみません。すみません——

季蔵は心の中で何回も長次郎《ちようじろう》に詫びた。

八ツ（午後二時頃）の鐘の音が聞こえたような気がしたが、数えているうちに分からなくなり、はっきりと分かった時には六ツ（午後六時頃）をすぎていた。

──正月早々、この体たらく──

李蔵は両手で思い切り両頰を叩き、自分を叱った

店に走ると、多目に拵えた、大葉とローゼマライン、各々、異なる風味の火腿を切り分けて重箱に詰め、好太郎への見舞いの品とした。

翌朝、空は白く太陽の姿はない。

──今日も雪かな──

おいくに教えられた好太郎の住まいは、芝の金地院《こんちいん》の東側のいなご長屋であった。いなご長屋の由来は、付近の草むらに蝗《いなご》が多いゆえである。

「お邪魔します」

油障子の前で声をかけると、

「どうぞ、入って」

やや緊張気味の男の声に促された。

そっと戸を開けると、

──おっ、この匂いは──

竈《かまど》で大釜《おおがま》に酒粕《さけかす》の甘酒が温められていた。

板敷に敷かれた夜具の上に、男が上半身を起こして座っている。頭には包帯が巻かれ、目鼻立ちはおはんによく似ていた。好太郎であろう。

季蔵が名乗って、

「お姉さんのおいくさんに頼まれてまいりました。お話があるのです」

用向きを口にすると、

「兄ちゃん、兄ちゃん」

油障子が勢いよく開いた。

白い息を吐きながら、七、八歳の男の子二人が駆け込んできた。一人は持ち手のついた木樽《きだる》と柄杓《ひしゃく》を手にしていて、もう一人は重ねた湯呑みの入った手提げ籠《かご》を持っている。

「さっきから、雪がちらついてきたせいで、また、馬鹿売れしてる」

「砂糖はあるけど、酒粕は足んなくなるかもしんないな」

「それじゃ、一っ走り、酒屋の亀七《かめしち》さんのとこまで、酒粕を貰いに行ってくれ、少し遠いが頼む」

好太郎は浅く頭《こうべ》を垂れた。

「わかった、すぐ行ってくる」

背の高い方が土間に木樽と柄杓を置いて、外へと走り出て行った。

もう一人も湯呑みを洗い終えると、

「湯呑み、こんだけじゃ、全然足んないんで、おいら損料屋で手提げ籠と一緒に借りてくる」

「ん、頼むな」

こちらには銭を渡した。

「これじゃ、ずいぶん多いよ」

目を丸くした相手に、

「余った銭で帰りに好きなだけ、焼き芋を買ってこい。朝飯がまだで腹ぺこだろ？　俺もだ、腹ってずっと寝てても空《す》くもんだな、みんなで温まろう」

好太郎が微笑みかけた。

三

二人の男の子がいなくなると、

「さて、酒粕もあと一鍋分ぐらいは残ってるだろう。作るとするか」

好太郎は立ち上がって、土間へと下りかけて、

「痛ててっ」

悲鳴を上げ、蹲《うずくま》ると両足をさすった。

「無理はしないでください」

季蔵は肩を貸して好太郎を立ち上がらせると、布団の上に横たえさせた。

「頭めがけて石が立て続けに落ちてきて、何とか当たらないようにしてたら、足を石にやられた。骨は折れてないっていう、医者の診立てが救いだ」

その時のことを思い出したのか好太郎は顔を顰《しか》めた。

「酒粕の甘酒はわたしが代わりに拵えましょう」

季蔵は残っている甘酒を大鍋から中鍋に移すと、大鍋をさっと洗い、水を充《み》たして火加減を強くした竈にかけた。

大鍋の水が人肌程度になったら、この少量の湯で大鉢に取った酒粕を溶かす。箆《へら》があったのでこれを使った。

溶いた酒粕を大鍋に入れてよく混ぜ、砂糖を加えて仕上げる。味見をした季蔵は、〝まあ、よし〟と心の中で頷《うなず》いた。薄過ぎず、濃すぎずの頃合《ころあ》いが案外むずかしい。

「ありがとよ、助かった」

好太郎はまずは礼を言って、

「どうして、酒粕の甘酒なんて、こんなとこで作って売ってるのかっていうと、雪の多いこの時季だと市中に立ち往生が多いんだよ。新年の挨拶廻《あいさつまわ》りの商人やお城に上がるお侍たちから、荷を運ぶ大八車まで、雪の中で動きがとれなくなる。そんな時は真底冷えちまうから、甘酒屋が繰り出せば飛ぶように売れる。相手はほとんど男ばかりだから、滓《かす》とはいえ、酒の匂いがする酒粕で作る甘酒がいい。米で作る甘酒屋の甘酒は結構手間がかかるが、酒粕なら湯を沸かして酒粕さえあればできる」

「でも、酒粕代や砂糖代がかかるでしょう?」

横道に逸《そ》れているとわかってはいたが、季蔵は訊かずにはいられなかった。米の甘酒は米麹《こめこうじ》が甘味をも醸すので、必要なのは米だけであった。

「甘酒屋よりも値を高くしているが、それでも売れてる。この雪甘酒の時季が終わったら、酒屋の亀七さんや、砂糖屋にも支払いができて、そこそこ儲《もう》けも出る。ここから季節寄せの元締めに場所代を払っても、まだ儲けがでるんだ」

「季節寄せにも通じる、機を見ての商いですね」

季蔵は感心した。

季節寄せとは暮れは松飾り等の正月の支度品、春は雛《ひな》人形等、夏は風鈴や団扇《うちわ》、盆に必要なもの等の行商、およびこれらに携わる人たちを指す。

「実はさめ善を飛び出してからしばらくは季節寄せで凌《しの》いでたんだ。着の身着のままで飛び出したもんで」

実家《さと》さめ善について初めて口にした好太郎は物言いを改めた。

「今の時季だと、扇売りや暦売りや宝船の絵売りなんか——。でも、どっかで安く沢山作ってきたものを、高値で売るのが嫌になってきたんです。年賀に使う扇なんてね、骨が弱くて広げて使うこともできない安物なのに、箱だけは桐《きり》で、その上、正月が終わったら、ただ同然で引き取りに回るんですから。これじゃ、おやじのやってることと同じじゃないかって、しばらく、働くのを止《や》めてぶらぶらしてました」

「先ほど着の身着のまま、さめ善を出てきたと聞きました。季節寄せを止めて、どうやって暮らしたんです？」

「いつのまにか、物乞《ものご》いに近くなってましたっけ。物乞いに施してもらってたんですから、物乞い以下とも言えますよ、あの頃の俺は――」

「しかし、そのまま、物乞いにはならなかったのでしょう？」

「きよ乃《の》に会わなかったら、今頃、物乞いになるどころか、野垂れ死んでいたかもしれません」

「きよ乃、女の人ですね、物乞い仲間ですか？」

「そう言われると、違うと言いたくなりますけど、まあ、そうとしか言えないな、帰る家も頼る人もいなくて、持ち合わせてた銭も、もう底を尽きはじめてたのですから。ただし、きよ乃は俺と違って、物乞いからの施しは受けようとはしませんでした。俺が物乞いから貰った握り飯を分けてやろうとすると、いくらひもじくても首を横に振ってました。もちろん、他の物乞いからの食べ物も絶対受け取りませんでした。きよ乃は〝物乞いの人たちはそれが仕事です。どんなに嫌がられても、酷い扱いを受けても、とにかく、粘って頭を下げて、日々の糧を得ています。そんな苦労もしないで、その人たちの食べ物をいただくわけにはいきません〟って言ってましたよ。この女はこのままにしておくと、飢え死するだろうと俺は思いました。それで俺は――」

「働こうと思ったのですね」

季蔵は胸の中に気持ちのいい、涼やかな風が吹き渡るのを感じた。

――人への想いの尊さだ――

「季節寄せの元締めに詫びを入れて、また仕事をもらいました。元締めはこの長屋に店賃《たなちん》は後払いで済むよう話をつけてくれて、俺ときよ乃はここへ住めるようになりました。しばらくは、これは夢じゃないかって思うほど、幸せな暮らしが続きました。ああ、どんなにあの時がなつかしいか――、今から戻れるものならあの時に戻りたい」

好太郎の顔にしばし、えも言われぬ歓《よろこ》びが広がって泡のように消えた。

「あの時、おっかさんさえやって来なければ――」

「おはんさんがいらしたのですね」

「俺は幸吉《こうきち》って名乗ってて、素性は誰にも明かさなかったのですが、倒れてきた材木に当たったとき、守り袋に入っていた札から俺の本当の名と生家が分かったようです。元締めは親切心ではからってくれたのだとは思います。でも余計なお世話だった」

「おはんさんはあなたをさめ善に呼び戻すつもりだったはずです」

「まあ、そんな話でした。ずっと泣いてたけど俺の決意は変わらなかった。俺はここできよ乃と暮らすと言い通した」

「きよ乃さんも一緒にとはおっしゃらなかったのですか？」

「〝おいくにもやっと、気に入ったいい相手が見つかった。後継ぎのおまえにはふさわしい嫁を迎えなければ――〟って、何度繰り返したかしれない。俺はうんざりして、仕舞いには〝出てってくれっ、親子の縁は改めてこっちから切るっ〟って怒鳴ったんだ。こんな経緯《いきさつ》を用足しから戻ってきたきよ乃が聞いてて、翌朝、起きてみるともう、あいつの姿はなかった。文を残して――。木枯らしの吹く寒い日だった」

好太郎は懐《ふところ》から、肌身離さず持っているきよ乃の文を取り出して読み上げた。

「〝お母様のおっしゃることはごもっともです。わたしのようなものが一緒では、あなたにも、お店《たな》の方々にも申しわけが立ちません。どうか、お幸せに、きよ乃〟」

好太郎の声が掠《かす》れ、目からぽとりぽとりと文の上に涙が落ちた。

「何度、こいつを読んだかしれない、だから、もう――」

水に浸したかのように見えるその文は、繰り返し落ちる涙のせいで、滲《にじ》んだ字の判読はほとんど出来ない。

「空で――覚えて――しまってるんです」

好太郎は片方の拳《こぶし》で両目を拭《ぬぐ》った。

「さぞかし懸命に捜されたんでしょうね」

季蔵の胸に迫るものがあった。

「お上《かみ》は貧乏人の子の時は知らぬ顔でも、お大尽の子がいなくなったりすると、裏で親が金を積むのでやっきになって捜すでしょう？　正直、金の持ちあわせがあれば奉行所にも頼みたい思いでした。金を借りたくて、さめ善へ足が向きそうにもなった。でも、落ち着いて考えてみると、あの時のおっかさんの口ぶりからは、きよ乃を捜すための金など、都合してくれるはずもないと思い到りました。意地でも一人で捜そうと思い、毎日、足を棒にして捜しました。きよ乃は雪が好きでした。〝どんな嫌なことも、どんな酷いことも、汚いものは全部、雪が清めてくれるような気がする〟と言ってました。だから、この雪はきよ乃が降らせている、きっと見つかるって信じて捜し続けたのです。当然、商いをないがしろにしてたんで、食うや食わず。ある雪の夜、町外れでもう一歩も歩けなくなった時、雪明かりで遠くにきよ乃が見えて、ここで死ぬのだと思いました。きっと、きよ乃ももう、死んでいるに違いないと——。まさか、あの時はきよ乃に見えた、さっきのあの子たちに助けられるとは——」

「子どもたちだけで雪の夜道を歩いていたのですか？」

「滑りやすくなっている雪道を行く大八車は、常より揺れることもあり、坂道などで荷の一部が落ちて、雪に埋まることがあるんです。それらを拾い集めて、家族の暮らしの足しにしている、逞《たくま》しい孝行者たちでした。〝こんなもん、拾ったって仕様がないよ〟、〝でも、人だよ、生きものはみんな助けなきゃ〟、〝そういや、おいらも、この前、凍えかけてた猫を助けたな、よし助けるか〟などという話し声が聞こえていた。こうして、俺は凍死しかけたところを助けられたんです」

「それで今は恩を返していると——」

「そこまで大袈裟《おおげさ》なものじゃないですけどね」

好太郎は照れ臭そうに笑うと、

「それに、あなたが案じた通り、子どもだけの雪の夜道は危ないしね。良さそうなお宝を見つけた時、同じ棚ぼた狙いでうろついてる大人にでも出くわしたら、それこそ運の尽きですよ」

親身に眉を寄せた。

「きよ乃さん捜しの方は？」

「今でも必死です。きよ乃は絶対生きてる、だから見つけられるって信じてる。いなくなった時はもう無我夢中で、寝る間も惜しんで捜し回った。だけど、考えてみれば、人一人をこんな広い江戸の町で捜し当てるには、やみくもに足ばかり使っても駄目だとわかりました」

好太郎は人差し指でこつこつと自分の頭を叩《たた》いて見せた。

四

「何があっても親子でしょう。両親が嵯峨屋《さがや》仁右衛門《じんえもん》さん殺しの罪でお縄になった時、なぜ、さめ善へ駆け付けなかったのですか？」

季蔵は訊かずにはいられなかった。

「だって、縁切りだって、こっちから言ったんですよ。気になってならなかったけど――。でも間違いだったんですから。それでいいじゃないですか――」

好太郎はこれ以上その話をしたくないのだと李蔵は察し、話を変えた。

「近々においくさんが訪ねてきたはずですが――」

「元締めの親切は相変わらずお節介なんだけど、親切心だから仕方がない。このところ、おとっつぁんの商いはタガが外れかけてて危なっかしく、おっかさんの方は部屋から一歩も出られないほど、心を病んでると姉さんから聞いた。姉さんの許婚《いいなずけ》の真の死に様も知ってた。知り合いに瓦版《かわらばん》屋がいるんだ。あの人たちは耳聡《ざと》いからね。真相をそっと教えてくれたんだ。姉さんは、やたら俺の怪我のことを案じてて、詫びを入れて家に戻るべきだって勧めてくれた。けど、俺は結構、せこいけど面白い、今のこの仕事が好きだし、何が何でも、きよ乃を捜し当てなきゃならないんだ」

「二度目のその怪我は、本当に切通しを通っていて突然、石が落ちてきたのでしょうか？　雨あられのように石が降るなどという話は、大地震でもない限り、あまり聞かない話です」

季蔵は相手の顔にじっと目を据えた。

「誰にも話さないと約束してくれますか？」

好太郎は懇願した。

「もちろん」

「昼間、近道をしようと、人気のない場所を歩いてて、後ろから石礫《いしつぶて》を投げつけられたんだ」

「後ろからでも昼間とあれば、相手の顔は見えたのでは？」

「相手は近くにいなかった」

「えっ？」

「ただ歩いてただけなのに、石礫がもの凄《すご》い勢いで次々に飛んで来た。頭や首に当たらないように避《よ》けても、脇腹や足に当たる。石礫に殺されると思いました。よほど遠くから投げてるのか、ちらとも人影は見えなかった」

「一度目の材木が倒れてきた時は？」

「あの日はそよっとも風がなかったのに、俺が通りかかったとたん、よくも倒れたもんだと思いますよ——何だか、寒くなってきましたね」

好太郎はびくりと肩を震わせた。

「誰かに恨まれているようなことはありませんか？」

「うーん」

両腕を組んだ好太郎は、

「いるとしたら、俺が元締めに可愛《かわい》がられてるのを腹の底では快く思ってない、ご同業の連中だけど、一度目の時、倒れてる俺を医者に運んで、元締めに報せてくれたのは、そいつらなんだから、これは違うと思う。二度目が絶対違うのは、姿も見せないで石礫を飛ばせるなんて芸当、並みの者じゃ出来ないに決まってるから。この時、助けてくれたのは、江戸を抜けるために近道をして通りかかった、見も知らない旅の人だった」

「つまり殺されかけたというのに、思い当たる節がないのですね」

「そうなんだ。けど、もしかして——」

「何です？」

「俺がきよ乃を捜し続けてることと、関《かか》わりがあるんじゃないかと思って——。ほら、よく、芝居なんかであるだろう？　どこぞのお姫様がお城を抜け出て、市井の男と夫婦になったのはいいんだけど、追っ手に見つかって連れ戻され、相手の男は殺されるって筋書き――。だとしたら、俺、狙われますよね？　きよ乃ときたら、実は姫様だったっていう素性が明かされても、ちっともおかしくない、天女みたいな女だったから――」

好太郎の顔にまた、しばし歓びが漲《みなぎ》って消えた。

「でも、もう、あいつはいないんだ――」

――いささか、芝居がかった話ではあるが、きよ乃さんを捜すことしか、おいくさんとの約束通り、好太郎さんを守る手立てはなさそうだ――

季蔵はがっくりと項垂《うなだ》れた好太郎に、

「今は寝ていて動けないあなたに代わって、わたしもきよ乃さんを捜します。長屋で立ち話をしていた相手とか、親しくしていた人を教えてください」

「うーん」

またしても好太郎は考え込んだ。

「いませんよ、きよ乃は無口なんだ――」

「それでも、一人ぐらいいるはずです」

「まあ、神谷町の瓦版屋勘三《かんぞう》さんとなら、話ぐらいはしたと思う。勘三さんは瓦版屋の隠居で、老い先は若い者たちの役に立ちたいと思ってくれてる。俺たちもさんざん世話になった。瓦版屋をしてただけあって、とにかく市中の津々浦々に通じてるんだ。砂糖屋や酒屋の亀七さんが仕入れた砂糖や酒粕が余って困ってるっていうのを、息子さんから聞いて、取り引きの間に入ってくれたのも勘三さんだ。きよ乃はいい人だ、いい人だって、いつも言ってた。とはいえ、俺が訊いても、勘三さんは世間話をしてただけだっていうから、そう望みはないと思うけど」

──生まれがお姫様だったとしてもおかしくないほど、気品があったきよ乃さんが、物乞いの群れに身を落とすまでには、さぞかし辛い過去があったはずだ。そして、好太郎さんに話したくない過去の出来事もあって、悩み抜いていたとしたら──。とにかく、瓦版屋の勘三さんに会ってみよう──

潮時だと季蔵は腰を上げ、

──おっと、忘れかけていた──

「見舞いの品です」

火腿を詰めた重箱を差し出した。

蓋を取って香りを嗅《か》いだ好太郎は、

「ももんじ食いの極みの一品だね、子どもの頃、おとっつぁんに連れられて、どこぞの阿蘭陀正月の席で食べたことがあった。なつかしいよ。慣れない味だったけど美味《うま》かった。ろくに正月も祝えない子どもたちは大喜びだ、ありがとう」

深々と頭を下げた。

表に出ると、雪が激しくなっていたので、勘三のところは明日訪ねることにした。店には休みの貼紙をしてあるし、お光にも三箇日は休むように言ってあったので、季蔵は今日のところは、真っすぐ長屋に帰ることにした。

翌三日、季蔵は勘三が倅夫婦と住まう、小さな一軒屋の前に立った。

名乗ると、

「うちの人はこんな日でも仕事で出かけてますし、義父《おとっつぁん》はあいにく、長引く風邪で臥《ふ》せってるんです。うちに正月はなし」

赤子を背に負った倅の嫁に門前払いを食わされかけた。何もこんな日に訪ねて来なくてもといわんばかりの仏頂面であった。

「〝きよ乃さんのことでお話が訊きたい〟と伝えていただけませんか」

季蔵が粘ると、一度、奥へ入った嫁が、しばらくして出て来て、

「会うそうです」

いやいや、季蔵を中へと招き入れた。

奥の部屋の障子が開けられると、よく火の熾《お》きた火鉢があった。温かさに包まれて、勘三が臥せっていた。

嫁は二人分の茶を運んでくるとぴしゃりと音を立てて障子を閉めた。

「愛想は悪いし、何でもすぐ顔に出る性質だが正直者で、家族想いのいい嫁なんですよ」

勘三は嗄《しゃが》れ声で嫁を庇《かば》いつつ、茶を口に運び、季蔵もこれに倣った。

「ただのほうじ茶だが美味いでしょう？」

たしかに啜ったほうじ茶は驚くほど香り高かった。

——ただし、わたしとて常にほうじ茶の美味《おい》しい煎《せん》じ方を心がけている——

ほうじ茶を淹《い》れる秘訣《ひけつ》は、煎茶よりも少し多めの葉の量を用意し、沸騰したての湯を使い、三十数えながら、軽く急須を回し、茶の色がやや濃いかなと思うくらいになったら、湯吞みに注ぎ入れること。ほうじ茶には抹茶や煎茶のように、値の違いで質が変わることはあまりない。他に秘訣などあるのだろうか?——

季蔵はやや怪訝《けげん》な表情を勘三に向けた。

「嫁の淹れ方が上手いんだ。ああ見えてなかなかの努力家なんだよ。もっとも、習った相手はきよ乃さんだけどね——。きよ乃さんは一度、ほうじ茶の葉を焙烙《ほうろく》(素焼きの平たく浅い土鍋)で炒《い》り直してから淹れるのだと教えてくれたそうです」

——なるほど——

季蔵は盲点を突かれて心の中で頭を掻《か》きつつ、

——お姫様がほうじ茶淹れの達人であったりはしないだろうから、これで、きよ乃さんが姫御前ではないとわかった——

「きよ乃さんはほうじ茶の美味しい淹れ方を教えるほど、ここのお嫁さんと親しくしていたのですね」

核心に迫ろうとした。

「嫁はきよ乃さんにほうじ茶淹れを習っただけで、きよ乃さんの話を聞いていたのはこの俺なんだ。綺麗《きれい》な女にはとかく蔭《かげ》があるっていうが、あの女《ひと》はそれが格別でね、背中に重たい石でも背負ってるんじゃないかって思えるほどで――。それで見ていられなくて身の上話を聞いた。話し始めると泣いて泣いて、止まらなくてね、こっちも泣けた。俺は昔の癖で手控え帖《ちょう》に書き留めた。あんまり酷《こく》で因果な経緯《いきさつ》なんで、若かったら相手の非道ぶりを、瓦版で思いきり叩いてやるところなんだが、倅や嫁、孫のことを考えると出来なかった。とかく平気の平左で身勝手なことをする金持ちたちはお上と通じてるからね、どんな仕返しをされるかわからないじゃないか。その手控え帖を焼いて捨てちまおうとも思ったが、きよ乃さんの苦しみや辛酸を思うと、やっぱりそれも出来なかった。考えついたのが、菩提寺《ぼだいじ》の妙誠寺《みょうせいじ》で、そこの住職とは懇意にしてたんで、仏様に預かって貰うことにしたんだ」

そこまで話した勘三は咳《せ》き込んで、冷めかけたほうじ茶をごくりと飲み干した。

五

季蔵が戸口に脱いだ雪駄《せった》を履こうとしていると、

「話し忘れていたことがあった」

勘三がごほごほと咳《せき》をこぼしながら、声を掛けてきた。

「きよ乃さんのことを訊きにきたのはあんたが初めてじゃない。もちろん、きよ乃さんを死にものぐるいで捜してた亭主の幸吉さんは、すぐに俺に思い当たって、心当たりはないかってここへ来たよ。でも、きよ乃さんが話して、俺が書き取ったものを妙誠寺へ預けたことは、口が裂けても言わなかった。それをしたら、どんなにきよ乃さんが悲しむか、わかってたからだ。その後に若い男が訪ねてきた。市中のことならなんでも知っている早耳、地獄耳だろうからって、瓦版屋を軒並み廻ってると言って。その時、倅は忙しくしてたんで、俺が代わりに会った。見かけはどうってことのない小柄なだけの男だった。どんな顔形だったのかも、もう覚えてない。ただし、低い声は優しく物腰は丁寧で、幼い頃、生き別れた妹のきよ乃を捜してるって、はっきり名まで告げてきたので、妙誠寺に預けてあるもののことを教えた。血のつながりがある兄さんが出てきてくれてよかったと思ったよ。亭主に言えないことも、兄さんには言えて甘えられるかもしれない。ひょっとして、兄さんなら、妹を見つけられるかもしれない、見つけてやってくれ、生きていてくれと願った――」

「そうでしたか――、思い出してくださってありがとうございました」

礼を言った季蔵は、妙誠寺へと向かいながら、

――またしても、どうということのない小柄な若い男か――。三味線を抱えて弟子入りを装い、お冬に残酷な真実を告げたのも若い男だった――

もしや、同じ者ではないかと思い込みそうになって、

――お冬への悪意ある告げ口と、生き別れた妹捜しのどこにつながりがあるというのか？　ただの偶然だ、この市中に特徴のない、若い小柄な男など掃いて捨てるほどいるの

だから――

空いている方の手でばちばちと自分の両頰を叩いた。

聖堂を過ぎるとぐんと雪が深くなった。雪掻きをする人がいないのか、妙誠寺はすでに山門の半ばまでが雪に埋もれている。

季蔵は腰下までの雪と格闘しながら、木魚と読経が聞こえている本堂の前で足を止めた。

「お訪ね申し上げます」

季蔵が声を張ると、

「旅のお方かの？　拙僧は慶胤《けいいん》と申す、仏の弟子の端くれ。このような貧乏寺ゆえ、たいしたもてなしはできぬがお泊めいたしましょう」

音と声が止んで、本堂から白い顎髭《あごひげ》をたくわえた年配の僧侶《そうりょ》が姿を見せた。多くの寺では旅人を無料で宿泊させて世話をし、仏の功徳を施していた。

「いえ、旅人ではございません。是非、お尋ねしたいことがあってまいったのです」

名乗った季蔵はここを訪れるに到った経緯を、差し障りなく手短に話した。

「勘三さんからの預かりものをご覧になりたいということかの？」

「はい」

「それではお見せいたしましょう。されど、預かったものゆえ見るだけです。写しを取りたければ、以前ここへ来た若者のようになされよ。墨や硯《すずり》、筆、紙はお貸しします」

「その際にはお願いいたします」

「遠慮なく申されよ」

こうして、季蔵は慶胤から渡された勘三の手控え帖を読み始めた。

手控え帖の冒頭には、〝これはきよ乃という女よりの聞き書きである。ゆえにきよ乃が語ったものを書き取っている〟と記されていた。


人は子どもの頃の幸せが過ぎると、長じて、さらに年を経て、不幸せになると言われていますが、わたしの場合はそうなのだと思います。

物心ついてからの暮らしは今からはもう考えられないほど豊かでした。といって、わたしが満ち足りていたかというと、そうではないのです。

子どもの頃から曖昧模糊《あいまいもこ》とした不安がありました。わたしは器量好しなのだそうです。尾張《おわり》町の両替屋と言っても銭両替ですが、両親《ふたおや》はそれが自慢でした。おとっつぁんは〝トビがタカを生んだ〟とさえ、ふれ回っていました。おっかさんは〝この娘《こ》の末はお腹様（世継ぎを生んだ将軍の側室）かも――〟などと、ばあやたちと話し興じていました。

わたしは〝お嬢様があんなにどちらにも似ていないのは――〟なぞという、奉公人たちの囁《ささや》きを耳にタコができるほど聞いていました。そして、ある時、子どものわたしは高い熱を出しました。水疱瘡《みずぼうそう》でしたが、疱瘡に似た様子にもなるので、顔にあばたが残ることだけを懸念したおっかさんが、〝せっかくの売り物があばたで台無しになっては困る、あばた面になるくらいなら死んでほしい〟と枕元《まくらもと》で喚《わめ》きました。この時わたしは、自分が貰い子だと悟りました。八歳でした。

以来、わたしの習い事は師匠が出稽古に来て、外へ出ることは禁じられ、芝居見物は、もってのほか、家の中で蝶《ちょう》のように着飾らされて時が過ぎました。

あんなにもわたしの価値が疱瘡で落ちることを恐れていた母でしたが、市中に流行風邪《はやりかぜ》が蔓延《はびこ》った年の冬、父に次いであっという間に亡くなりました。一年前でした。

この後、わたしが知ったのは両親の商いが実は左前で、大きな借金をしていたという事実でした。今にして思えば、両親にとって、わたしに賭《か》けた玉の輿《こし》狙いだけが先行きの光だったのかもしれません。

借金のカタに店を我が物としたのがさめ善の主善右衛門さんでした。善右衛門さんはその店を転売して、さらなる利を得たと聞いています。

自分のところへ来ないかと言われて、わたしはさめ善でお世話になることにしました。期待がありました。なぜかというと、善右衛門さんとは幼い頃、会っているような気がしたからです。もしかしたら、実の父親ではないかとさえ思いました。

ところが善右衛門さんの目的はわたしの身体《からだ》を自由にすることでした。さめ善の庭で襲いかかられたのです。家の中から遠眼鏡でおいくお嬢さんがこれを見ていることも、通りかかったお内儀さんが咄嗟《とっさ》に木陰に隠れたのもわかっていました。この後、拒んだわたしはさめ善から追い出されたのです。

お金はありませんでした。住むところもありません。お腹《なか》は空くばかりです。わたしは働こうと思い、口入屋《くちいれ》に行きました。何日か通い、やっと大店の呉服屋さんの下働きの口にありつきました。呉服屋さんへ行ってみると、〝あんたほどの器量ならどんな着物でも映る〟と気に入られて、厨ではなく、店先での仕事に就くことになりました。わたしはこれで当分は食べられると、ほっとしました。

ところがわたしはお客様を怒らせてしまいました。お客様はさめ善のおいくお嬢様とお内儀さんでした。お二人は気付かない様子でしたが、わたしはわかりました。あんなところを見られてしまっているかと思うと、頭の中が真っ白になっていました。怒り出したお嬢様をどう宥めていいかもわからずにいて、気がついてみると、さめ善のお二人はもうそこには居《お》らず、わたしは〝気のきかない、とんだ器量自慢の奉公人だ、商いの障りになる。顔を見たくない〟と番頭さんから暇を出されました。

また、食べられない日が続いて、わたしは明林寺《みょうりんじ》のお助け衣の列に並びました。明林寺は鷲尾《わしお》家の菩提寺で元長崎奉行だった亡き影親《かげちか》様の奥方様が、生きていく術《すべ》のない女子どものために、慈悲を施される場所だと聞いたからです。

けれども、これも悪夢でした。お助け衣は当番制でその日は何とさめ善のお内儀さんだったからです。わたしが呉服屋にいたことを覚えていました。〝その顔で稼げないことはないでしょうに、何でまたここで慈悲の握り飯や金子《きんす》を貰おうとするの？　世の中にはもっと大変な思いをしてる女たちがいるのよ、恥ずかしいとは思わないの？　図々しいにもほどがある〟とまくしたて、いくらわたしがあの時の成り行きを話そうとしても、耳を貸そうとはしてくれませんでした。
眩暈がするほどお腹が空いていました。思いきって辻《つじ》に立ってみました。窮した女たち
の生きる術はこれしかないと聞いていたからです。
〝姉さん、いい器量だね、こんなとこに立ってるのは勿体《もったい》ない。一つ、いい働き口を世話
してやろうか〟と親切そうに近づいてくる女衒《ぜげん》もいました。怖くなって逃げました。
そのすぐ後、〝お腹が空いてるんじゃない？〟と訊いてくれる男がいました。役者にで
もなれそうな男前です。わたしが頷くと、うどん屋へ連れて行ってくれて、〝空きっ腹に
は固い蕎麦《そば》より、うどんの方がいいけど、次には蕎麦を食わせてやるよ、いや、精がつく
とろろ飯や甘い汁粉のがいいかな〟などと話しかけてくれました。
懇《ねんご》ろな間柄になるのに時はかかりませんでした。
その男の名は吉右衛門と言いました。わたしは吉右衛門さんが借りてくれた、小さな一
軒屋にしばらくいました。わたしには待つことしかできません。〝あんた、不思議な女だ
ね、一緒にいるとこの世じゃない、極楽の池の蓮《はす》を愛《め》でてるみたいだ〟と吉右衛門さんは
言ってくれましたが、不安の多い、甘くもはかない幸せでした。毎日来てくれていたのが、
二日に一度になり、三日、五日に一度――その頃には寝言で〝お冬――〟と洩《も》らすように
もなって、最後は何枚かの小判の包みがそっと枕元に置かれていました。
わたしは拾われて捨てられたのです。

ここまで読んだ季蔵はたまらない気持ちになって、ふうと重いため息をついた。

――それにしても、たまたまとはいえ、きよ乃さんがこれほどさめ善の家族やそれにつながる縁と関わっていようとは――

勘三の手控え帖に書き留められたきよ乃の話はまだ続いている。

――先はさらなる修羅が――

季蔵は覚悟して手控え帖をめくった。

六

わたしの心は折れてしまっていて、吉右衛門さんから貰った小判を、何かしらの商品を買い付けて売る等、生きるために使うことはもはやできませんでした。

正直、その小判も吉右衛門さんがくれたのだと思うとたまらず、相手を恨む気持ちがないだけに、早く無くしてしまいたいとさえ思いました。

わたしは物心ついてから、一度も目にしたことのない海を見に行くことにしました。江ノ島の宿にしばらく逗留《とうりゅう》して、日がな海を見て過ごしました。

いろいろな思い出が胸を去来し、ふと運命という言葉に行き当たりました。実の親を知らず、ここで一人でこうしているのも、さめ善の人たちとの関わり、吉右衛門さんとの出会いと別れも、すべては定めなのだと思えてきました。

路銀が尽きたので宿を出ました。何日経《た》ったでしょうか、野宿は堪《こた》えました。そこで、わたしは江戸に戻ることにしたのです。死ぬのなら江戸でと決めていたからです。江戸に着く頃には、着物はすっかり垢《あか》じみ、髪も乱れていました。行き交う人が顔をそむけるぐらいでした。すると、物乞いの人たちに呼び止められました。親切にも〝あんた、腹が空いてるね、俺たちには顔でわかるんだ〟と言って、物乞いの頭が煮売り屋から得た施しを分けてくれたのです。

こうして何日も命をつないできたわたしでしたが、物乞いの人たちが食べ物を得るのに、どれだけ、苦労の限りを尽くしているかを目の当たりにして、上前をはねるようにいただくのは心苦しくなってきました。

それで、どんなに勧められても食べ物を口にしない、餓死してもかまわないと決めた頃、物乞いの仲間に加わった幸吉さんに会いました。

わたしたちはいつしか、親しく話をするようになり、〝あんたが一緒なら俺は前を向ける〟と幸吉さんに心の裡《うち》を打ち明けられました。その時、わたしは自分の心にも光が射すように感じたのです。

わたしたちは夫婦《めおと》になり、幸吉さんが季節寄せの元締めに頼んで借りてくれた長屋での暮らしが始まりました。

幸せです。

時折、この幸せがいつまで続くのかという思いが影のように心をよぎりましたが、そのたびにそんなことはないと自分に言い聞かせたのです。

それでも、やはり、いつも、突然の不幸が訪れるのではないかと戦《おのの》いて暮らしています。坂道を転がりだした石が、決して上には戻らないように、運命は変えられないのです。

ここできよ乃の言葉を写した勘三の手控え帖は終わっていた。

──きよ乃さんの身内だと称していた若い男もこれを読んだろう。ただし、ここまでは、別れた原因がおはんさんが倅を案じて押しかけたことで、好太郎さんのきよ乃さんへの想いが、これ以上はないと思えるほど強いことまでは知らない。吉右衛門さんの時と同様、一時の遊びで慰みものになったと思い込んだのでは──。とすれば、吉右衛門さんを自滅させるために、お冬さんに要らぬ告げ口をしたその男は、好太郎さんにも同様の仕返しを目論《もくろ》んだとしてもおかしくはない──

妙誠寺を辞する際、季蔵は、

「わたしのほかにこれを読み、写し取っていったという男は、何か言ってはいませんでしたか？」

慶胤に訊いた。

「別に。拙僧が御仏《みほとけ》に代わって預かるのですから、勘三さんに渡された時、読ませてはいただいたが。何か、よほどのことが起きたのだと思いました。それ以来、毎日のお勤めの際には、必ず生きていてほしい、もし、そうでない場合も、この女の魂が安らかであるようにと祈り続けておるのです。本日はさらにもう一度──」

慶胤は瞑目して手を合わせた。

季蔵が明四日からは店を開けようと、支度のため塩梅屋に行くと一足早く店に来ていたお光が出迎えた。

「暮れにみえたお客様です。離れにお通ししておきました」

おいくの訪れを告げた後、

「それではこれから、両国の彦様《ひこさま》へ行ってきます」

早速、身仕舞いして雪駄に履き替えた。

彦様はお光が働いていた、女将が強欲な蝶々《ちょうちょう》同様、両国に軒先を並べているももんじ屋であった。どんな獣肉でも扱うももんじ屋ではあったが、各々、得意とする獣肉の違いはある。彦様は高価だが上質の牛肉で知られていたが、猪《いのしし》や鹿《しか》に比べて入荷は少ない。

「彦様に牛の肉のいいのが入ってるんです。報せがありました。お正月はたいてい、どの家も御節供料理ですし、年末に当て込んでた牛鍋での年忘れ会がこの雪で流れて、彦様のところは牛肉が余って困ってるはず。安く叩いて仕入れられます」

お光は頬を紅潮させ、生き生きとした目を向けてきた。

「これからまだ雪は降り続きそうです。大丈夫ですか？」

季蔵が案じると、

「わたし、慣れてますから」

お光はさっぱりと応《こた》えて塩梅屋を出て行った。

季蔵は勝手口から離れへと向かった。

おいくは丁寧に年始の挨拶を述べた後、

「新年早々、お邪魔しております。どうしても弟のことが気になって――」

やっと頭を上げた。

おいくのはやる気持ちを察して、簡単に新年を祝う言葉を口にした季蔵は、

「好太郎さんの怪我が誰かの仕業だった疑いはありますが、好太郎さん自身はお元気でした。足や頭の怪我もほどなく良くなるように見えました」

まずは、子どもたちと息を合わせてやり遂げている、冬場の季節寄せである酒粕の甘酒売りについて話した。

「これはきっと、雪と寒さが遠のくまで、当分流行《はや》ります」

そして、去って行った最愛の妻きよ乃を捜している事実にも触れた。

「それ、大崎村へ行く前におっかさんから聞きました。おっかさん、好太郎にその女と別れて戻ってくるようにと言って、けんもほろろに追い返されたって――」

「新年だというのに、お内儀さんは今、大崎村に居るのですか？」

「大崎村にはあたしのばあやだったお仲《なか》が住んでるんです。大勢お客さんが押し寄せて、賭場《とば》の真似事で負けた順番に裸踊りなんてことまでする、さめ善の如何《いか》にもおとっつぁんらしいお正月が嫌だ、静かに新年を迎えたいって、おっかさんが言い出したので、あたしからばあやに頼みました。おっかさんはそのきよ乃って女《ひと》が、行方知れずになってること

は知りませんから、早く気鬱から立ち直って、今度は二人してさめ善に戻るよう、話しに行くつもりなんじゃないかと思います。おっかさんはその女のことで、バチが当たったなんて言ってました。会ったことあるみたいだったから、訊いてみると、物乞いの仲間だったって、調べさせて聞いただけだって。物乞いに天狗《てんぐ》みたいな力があるわけじゃなし、そもそもが会ったこともない相手からのバチって変ですよね。いったいどんな女なのかしら？　わたし、おっかさんのためにも好太郎と一緒にその女を捜したいわ」

おいくはまだ、きよ乃について何も知らなかった。父親が慰みにしようとしていた相手であるばかりか、それを見ていた母親が握り飯一つ与えず、自分もまた、酷い言いがかりをつけてせっかく得た仕事を失わせたことも――。

――お内儀さんはおいくさんの肩にだけは、荷を背負わせたくないと考えたのだろう――

「さあ――わたしもお会いしておりませんので」

季蔵は言葉を濁した。

おいくが帰ると、一刻《いっとき》（約二時間）ほど過ぎて彦様の手代が大きな幾つもの塊の牛肉を運んできた。

「こんな天気でさえなきゃ、ここへは来てねえ代物ですよ」

手代は口惜《くや》しそうに口をへの字に結んでいた。

お光はそれから一刻半（約三時間）ほどして、野鴨《のがも》を手にして戻ってきた。

「猟師が野鴨をぶらさげて歩いてるのに出くわしたんで、これ、こっちのいい値で買ったんですよ」

お光は満足そうに逆さにした野鴨をかざして見せた。

「彦様が牛肉を届けてくれました」

季蔵は包んである紙が血に染まって並んでいる牛肉の塊をちらと見た。

包みを解いて確かめたお光は、

「色といい、さしの入り方といい見事だわ」

にこにこと笑ってため息をついた。

「さしって何なのでしょう？」

季蔵はすでに食についての多種多様なお光の知識に脱帽していた。

「脂のことです。大きく入っているものよりも、細かく入っている方が味がいいものです」

いつものことではあったが、お光の応えは歯切れがよかった。

七

「野鴨はほどよく血抜きもできてますから、焼いてみましょう」

お光は大鍋に湯を沸かして野鴨を漬け、慣れた手つきで羽をむしり取り、皮だけにすると、包丁の切っ先を使って胆《きも》等の内臓を取り出した。

「ところでこれ、丸焼きの姿を見せたまま、供するんじゃなかったですよね」

「お重に入れたいと思っています」

「それなら後ろ足を縛って見栄えを考えなくていいわ」

まずは野鴨の全体に塩、胡椒《こしょう》を振りかけた。

大きく深めの鉄鍋に油をひいて野鴨の両面をこんがりと焼き上げる。

お光が葱《ねぎ》と人参《にんじん》を刻みはじめたので、

「わたしが焼きましょう」

ここでの焼きは季蔵が請け負った。

「そのくらいに焦げ目がついたら、一度鍋から野鴨を出して、鍋に残った余分な脂を捨ててください」

季蔵は言われた通りにした。

「ここからはわたしがやります」

お光は脂を捨てた鉄鍋に牛酪を溶かし、刻んだ葱と人参を加えて、木べらで炒《いた》める。

「ここでお酒が要るんです、できれば上等のものが――」

「あります」

季蔵はさめ善から届けられた酒樽《さかだる》から二合ばかり柄杓《ひしゃく》で汲み上げた。

「いい匂い、いいお酒ですね。これで野鴨の丸焼きもぐんと風味が増すはずです」

お光は酒適量と隠し味の白砂糖、柚子《ゆず》のすり下ろしと絞り汁を入れた。

「野鴨の丸焼きには甘味と酸《す》っぱい水菓子が合うんですよ」

お光は木べらで鍋底にこびり付いた焦げや肉汁をゴリゴリと落とし、塩、胡椒適量を加えて、

「もう一つの決め手はこれ」

お光が袂に手を入れて握っていた掌を開くと、ぷんと枯れ草に似て非なる独特の芳香が立ち上った。

「イブキジャコウソウ（日本自生のタイム）。伊吹山《いぶきやま》に生えているんですよ」

お光は掌を鉄鍋に向け広げ、乾燥させたイブキジャコウソウも入れた。

「伊吹山といえば近江国《おうみ》ですね」

季蔵はふと、はじめてお光が訪れた時、あり合わせのスルメ飯の朝餉《あさげ》でもてなしたことを思い出した。

そこで季蔵は故郷《くに》は近江国でしたよねと言おうとして思い止まった。お光の表情が固まってしまっていたからである。

──あの時は自分の方から近江国の名を口にしたというのに──。思えばお光さんとは料理以外の話をしたことが一度も無かった──。きっと、人にはそれぞれ計り知れない想いがあるのだろう──

水で割った酒をさらに適量入れ、焼き色のついた鴨を鍋に戻して蓋を閉め、石窯《いしがま》に入れ、半刻《はんとき》（約一時間）強、中火でじっくりと焼いていく。

「ここは任せてください」

季蔵は焼き上がった鴨をまず、出刃包丁で真ん中から二つに切断し、その後股と手羽を切り離して削《そ》ぎ切りにした。

「煮込んだ野菜類は丁寧に漉《こ》してつけダレにします」

――これでやっと二の重の口取りのめどがついたが、一の重の祝い肴《ざかな》の一つである腸詰類、三の重の焼き物、与《よ》の重とまだまだある。特に腸詰類はいったいどんなものなのか、見当もつかない――

するとそこへ、

「豚久《ぶたきゅう》です」

またしても、ももんじ屋が戸口に立った。ただし、立っているのは真っ赤な頰に両手をかじかませた小僧である。

「雪の中をわざわざありがとう、旦那にくれぐれもよろしく言ってね」

飛ぶように戸口へと走ったお光は、豚の胆と肉、それに腸詰に使う豚の腸、猪肉の塊を胸に抱えた。

「豚久は豚や猪の肉がいいんですよ。でも、今日みたいな日はやっぱり、客足が遠のくから、こんなに貰うことができたんです。貰い物なので、腸詰に使う豚の腸を塩漬けにしておいてほしいなんて、とても言えませんでした。ですから、今日のうちに腸詰に拵えてしまわないと。胆も腸も日持ちがしませんから」

とになった。

こうして、季蔵は豚肉はともかく、見慣れない豚の胆や腸を使った料理に立ち向かうこ

「まずは豚のすり胆の腸詰から行きましょう」

お光は豚胆を薄く切り揃《そろ》え、臭みと血抜きを兼ねて四半刻《しはんとき》（約三十分）ほど酒粕の甘酒に漬け込んだ。

葱、人参、ニンニクはみじん切りにして茹《ゆ》で、水洗いした胆と一緒に当たり鉢で当たり、卵を少しずつ加える。ここに塩、胡椒をし、ローゼマラインとイブキジャコウソウと阿蘭陀三つ葉（セロリ）をみじん切りにして適量を入れる。

豚の腸はよく洗い清めておく。

「この腸に当たり鉢の中身を詰めるんですか？」

季蔵が首をかしげると、

「絞り出し袋と木の口はわたしが思いついて拵え、持ち歩いているものです。これがあれば大丈夫」

お光は晒《さら》しで作った三角の絞り出し袋に木の口を取り付けると、豚の腸の端に差し込んだ。絞り出し袋を巧みに押して豚胆のすり身を詰めていく。絞り袋に腸詰めのタネを入れすぎないようにしないと、ねじる時に腸が破れる恐れがある。

絞り袋の端をしっかり押さえながら、力を込めながらも、そろりそろりと、八分目ほどを目安に詰める。中身が多すぎると茹でた時に腸が破れてしまう。

季蔵が絞り出し袋を扱う手の動きは速すぎず遅すぎず、ゆっくりタネが腸に入っていく。

「お見事です」

お光が褒めた。

腸全体にタネが均一になるよう詰め終えたところで、お光は凧糸《たこいと》で腸の端を結んだ。

この後、腸詰めの半分の所を見つけ、二、三回ねじり、好みの長さの所で、二本同時にねじった。

「ねじるだけでは、茹でる時に戻ってしまうので、ねじって出来た輪の中に、どちらか一方の端をくぐらせるんです。タネの入った腸に僅かでも隙間があったら、その箇所を爪楊《つまよう》枝《じ》等で刺しておかないと、中身の入れすぎ同様、茹でた時破れてしまいます」

いよいよ、腸詰が茹でられる。

沸騰していない多めの湯で、沸騰させないように気を配りながら、四半刻弱（約二十分）茹でる。浮き上がってくるのを、菜箸で押さえながら、均等に茹でていく。

「こうして茹で上げたら、そのままでもとても美味です」

勧められて試食した季蔵は、

「甘辛く炊く鶏《とり》胆以外の胆を食べたのは初めてですが、手間ひまをかけるだけあって、不思議な美味しさですね。ぷりぷりした歯触りが何とも言えません」

「冷めたら焼いて食べると、ぷりぷり感に香ばしさが加わって、また乙な味ですよ」

「なるほど」

すっかり腸詰なるものに魅せられてしまった。

「次はすりあわせた牛豚肉の腸詰です」

まずは豚肉と牛肉の塊の一部、脂のあるところを選んで薄切りに削いだ後、鶏や鶉《うずら》のつみれを作る時の要領で叩いておく。つみれ同様、完全にすりみにせず、ぶつぶつとした歯触りを残しておく。

これに塩、胡椒、酒、生姜《しょうが》の絞り汁、唐辛子《とうがらし》粉を入れてよく混ぜ、さらに卵を加えてタネを作る。

豚のすり胆の腸詰と同じ要領で豚の腸に詰めていく。豚のすり胆のように完全なすりみではないので、絞り出し袋から腸へとタネを詰める時、すり胆に比べてやや重い手応えがあり、焦るとこの段階で腸が破けてしまう。ゆっくりと注意深く詰めることと、残したぶつぶつに大小が出来ないよう、均等なつみれ状に叩いておくことが肝要である。

試した季蔵は、

「中身と皮、二重の異なるぷりぷり感が堪えられません。おとなしめのすり胆の腸詰に比べて、こちらの旨味《うまみ》は濃厚でとても力強い――」

感じたままを口にした。

「そろそろ、すり胆の方が冷めたので、焼いて食べてみましょうか」

お光は熾《おこ》した七輪に丸網をかけて、すり胆数本を並べて焼き始めた。

すでに外は夜の帳《とばり》に包まれている。

「おめでたい日ですし、それを肴に飲みましょう」

季蔵は酒樽から酒を湯呑みに注《つ》いでお光に手渡した。

焼き上がったすり胆の腸詰に醤油《しょうゆ》を垂らしてみるとこれがまた酒に合った。出来たてとは異なり、旨味の強さが引き出されていた。

「鰹《かつお》などの刺身のタレに使う、黄色い芥子《からし》もなかなか合います」

お光は手早く小鉢で芥子を煉《ね》った。

季蔵が試すとまた別の旨味が生まれたように感じられた。

――やはり、ももんじ料理は見かけではなく、味の奥が深い――

ふうとため息をついた季蔵は、前から気になっていたことを思い切って訊くことにした。

「あなたが奉公していたももんじ屋の蝶々では、ご主人が毛のついた猪肉を切れにして、投げるように売っていたでしょう？　あれはいったい、どのようにして食べるのですか？」

季蔵の見た限り、毛と皮を除くとしたら、肉の部分はそう多くなかった。

「獲《と》れたての猪はさっと毛を炙《あぶ》り焼き、皮付きのまま肉は生で食べるんです。酒はどぶろくがよく合います。ご飯は食べません。たしかお米のとれない、日向国《ひゅうが》（主に宮崎県）の山家《やまが》の食べ方でした――」

そこでお光はなぜか、緊張した面持ちで押し黙ってしまった。ついうっかり、口の端《は》に乗せてしまった、日向国という地名ゆえに思われて、

――近江国の次はさらに遠い日向国か――

季蔵もまた沈黙した。

八

試食を終えた野鴨の丸焼きはまだ、蔵之進《くらのしん》の風邪が治ったと報せてこない、おき玖《く》たちのところへ、〝鴨はたいそう胃の腑《ふ》に優しく、弱った身体を癒《いや》すそうです〟と書き添えて見舞い代わりとした。

二種の腸詰は珍しいものが大好きな五平《ごへい》に贈る際に、〝腸詰ネタの噺《はなし》が出来たら、是非聴かせてください〟と洒落てみた。

すでにカステーラや唐芋《からいも》と南瓜《かぼちゃ》のタルタ、肉桂《につけい》入りの梅型のクウク、無花果《いちじく》の甘露煮入りのケイクは、火腿と一緒に、子どものいる辰吉《たつきち》、豪助《ごうすけ》、勝二《かつじ》の人数分を拵えて届けてある。ただし典雅な竹籠《たけかご》とまではいかず、使い古した目笊《めざる》の上に載せてではあったが――。

さて、正月四日も朝からもんじとの格闘である。

「焼き豚から行きましょう」

お光は三の重から始めた。

用意されたのは、豚の肩肉（ロース）であった。塊肉を裏表とも焼き串《ぐし》を丁寧に刺して、たこ糸で縛り、鉄鍋にすっぽり納まるほどの大きさにする。

鉄鍋に油をひき、強火で豚肉全体に焼き目が付くまで焼く。全体に焼き目が付いたら、火を止め豚肉を取り出し、脂と油を全《すべ》て捨てる。

水と酒、醤油、ザラメ糖（粒を大きくして精製した白砂糖）を全て混ぜ合わせ、鉄鍋に戻した豚肉がこの汁で見えなくなるまで注ぎ入れる。

蓋をした鉄鍋ごと石窯に入れ、弱火で半刻ほど加熱する。その間、六百数える毎《ごと》に（約十分）肉の表裏を返す。

蓋を取り中火で煮汁が半分くらいになるまで加熱し、竹串がすっと通れば出来上がり。

肉の入った鉄鍋を石窯から出し、肉が冷めるまで放置する。

季蔵はたこ糸を取り、

「研いだばかりの包丁を使います。かなり柔らかく仕上がっているので、良く切れる包丁で切らないと肉が崩れてしまいそうだ」

鮮やかな手つきで小指の爪ほどの厚みに焼き豚を切り分けた。

これを重箱に詰める前に一切れ小皿に取って試食した季蔵は、

「くじいとの豚の角煮とは異なるさっぱりとした味わいですね。それでいて甘味もあって風味豊かだ――」

思わず満ち足りて微笑んだ。

くじいと（ポルトガル語のコジイト）とは南蛮料理の一つで、肉と野菜に香辛料と酢を加え、柔らかく煮込んだものである。くじいとの豚の角煮とは、角に切った豚脇腹肉を親指の長さほどに切り揃えた葱、粒胡椒を鍋に入れ、酒と水を加えて一刻ほど弱火で煮る。そこへ、豚肉同様角に切った大根を加え、半刻ほど煮続け、さらに醤油で四半刻ほど煮詰めて仕上げた菜であった。獣肉一般に加えて、鯨《くじら》肉でも作られ、好評であったことからくじいとの名を得た。

「豚肉のくじいとは脂の多い脇腹肉使いなので、焼き豚よりもこってりと濃厚なのです。今回は牛酪で煮た青物の付け合わせがあるので、あっさり仕上がる豚の肩肉を使いました」

そんな話をしている傍らも、お光の手は忙しなく動いて、人参と蕪《かぶ》の皮を剝《む》いて、煮崩れを防ぐために面取りをし、親指の爪よりもずっと大きめに切り揃えると、水と牛酪、少々の塩で煮含めていく。

「それと阿蘭陀菜というのは、ハコベの近種ではなく、前に腸詰に刻んで使ったこの阿蘭陀三つ葉ではないかと思います」

お光は阿蘭陀三つ葉の茎の部分を、小指の半分ほどに長四角に切って揃えると、人参や蕪と同じように牛酪と水で煮た。

阿蘭陀三つ葉の牛酪煮を摘《つま》んで食した季蔵は、

「正直、生の阿蘭陀三つ葉の変わった強い香りは苦手でしたが、こうして熱を加えたものは意外に香りが気になりません。牛酪とも馴染んで何ともほどよい香りと風味ですね」

感心しつつ、煮上がって冷めた人参と蕪、阿蘭陀三つ葉を、三の重の焼き豚に添えるように詰めた。橙《だいだい》と白、薄緑の取り合わせが茶褐色一色の焼き豚を引き立てて、食欲がそそられる。

「見た目だけではなく、阿蘭陀三つ葉の牛酪煮特有の香りが、より焼き豚を美味しくしてくれるんです」

季蔵は勧められて、阿蘭陀三つ葉の牛酪煮を焼き豚の一切れで包んで試してみた。

「たしかにさらに焼き豚があっさり食べられて、さらなる風味が増したように感じます」

――肉というものは、素材の良し悪《あ》しだけではなく、加える香りや風味づけで旨さが増すものなのだな――

三の重を作り終えるとやや肩の荷が下りたような気もしたが、

――いやいや、まだ難関の揚げ物がある――

「実は――」

季蔵は牛肉の天麩羅《てんぷら》で躓《つまず》いた話をした。

「牛肉に小麦粉を付けましたか？」

「いや――」

「まずはそれが大事です。青物や魚や海老《えび》の天麩羅には端折《はしょ》ることもありますが、牛肉となると、小麦粉を忘れずに叩《はた》きつけておかないと――」

お光は牛肉のももを薄切りにして、塩、胡椒した後、篩《ふるい》を使わず、皿に平たく伸ばした小麦粉の上に置いて、わりにたっぷりと表裏に付けて馴染ませた。

その間、季蔵は鍋に油を入れて揚げる準備を調えた。

「それと牛肉の天麩羅の揚げ衣は、普通の天麩羅とはちょっと違うんですよ」

お光は惜しげもなく三個もの卵を鉢で溶くと、小麦粉はほんの一つかみ、ぱらりと入れて、水少々を加えた黄色い衣を拵えた。

ここに小麦粉の付いた牛肉を粉が見えなくなるまで充分に潜《くぐ》らせ、菜箸で一枚ずつ、準備のできている揚げ油の中へ投じた。

揚げ油の中で卵の黄色い色が大きな泡のように、牛肉を包みつつ広がっていく。裏を返して完全に火を通したところで、取り出して油を切る。

油切りの紙の上に載った牛肉の天麩羅は向日葵《ひまわり》の花のようにも見えた。

「試させてください」

季蔵は勧められる前に箸を手にした。

「いかがです？」

「衣はさほどからりとはしていませんが、中の牛肉に油が染みこんで、油と脂が混じり合っている、ねちゃっとした感じがまるでありません。旨味が衣に守られていて、牛肉の天麩羅がこれほど美味だったとは驚きです。牛肉に負けない卵が主の衣が胆だったのですね」

「そうかもしれません」

相づちを打ったお光は季蔵が買い置いてあった高野豆腐を、おろし金で細かく砕きはじめた。

豚の肩肉を広げた掌の大きさで、小指の爪ほどの厚さに切り、塩、胡椒しておく。これにお光は小麦粉を付け、溶き卵に潜らせ、砕いたおろし高野豆腐をまぶして揚げ油で揚げた。

「カリッとはしていても、煎餅《せんべい》とは異なるサクサク感が素晴らしい。肉の風味も先ほどの牛の天麩羅同様、しっかりと守られていて美味しい」

「これに牛酪を載せて食べるとさらに美味です」

言われた通りにしてみると、確かにその通りで、牛肉の天麩羅も、この豚肉の高野豆腐粉まぶし揚げ牛酪風味も、甲乙つけがたいと季蔵は思った。

「後を引く味で困ります」

肉とはこれほど美味しいものなのだと季蔵は実感した。

「豚より癖のある猪肉の方は好みが分かれるかもしれません」

野生種の猪が飼育されたのが豚である。猪肉は豚肉よりも脂が多く、しつこいと感じる向きもあり、やや獣特有の臭みもあるとされている。

お光はすでに下拵えを終えていた。

塩水に漬けて臭み抜きしてある猪肉のももの塊は、親指の先ほどの大きさに切り分けられ、すり下ろした生姜とにんにく、醬油、酒、塩、胡椒を混ぜたタレに漬け込まれている。

これに小麦粉をまぶして油でからりと揚げて仕上げる。

「少しも臭みがなく、お酒もご飯も進みそうです」

季蔵はこれも堪能《たんのう》した。

「実はわたしはこれが一番好きなんですよ。簡単に拵えることができます。猪さえ捕まえればいつでも楽しめますから」

お光がふと洩らして、

――猪の狩りまでお光さんはしていたのだろうか？――

季蔵はまたしても、お光の来し方が気になったが、やはり触れまいと決めた。

――そしていよいよだ――

牛脇腹肉の揚げ物は大きな課題のように思われる。

――牛肉に限らず、脂の多い脇肉腹肉はどんな工夫を凝らしても、油と脂のこってりした仕上がりになるだろう。それ以外の想像はとてもつかない――

季蔵の不安げな顔から察したお光は、珍しくふふふとからかうように笑って、

「たぶん、わたしと同じことを案じているのでは？　長きにわたって肉を食べてきた異国の人たちと違って、わたしたちは脂が苦手でしょう？　牛脇腹肉の揚げ物はちょっと――。お腹の具合を悪くする人たちも出てきそうなので、これは止めておいて、たっぷり残っている牛のもも肉を焼いて、誰もが喜ぶとっておきのご馳走《ちそう》を作りましょう」

大きな俎板《まないた》の上に、牛肉の天麩羅で薄切り肉をとった後の大きな牛もも肉の塊と、一緒に持ってこられた牛脂を置いた。

九

「石窯に火をお願いします」

「わかりました」

季蔵は石窯の準備をした。

その間に、お光は牛もも肉の塊の型崩れを防ぐために凧糸を巻きつけ、せっせとたっぷりの塩胡椒をもみこんでいる。

この後、広く浅い鉄鍋を強火で熱し、熱くなったら牛脂を入れ、牛もも肉の塊の表面を万遍なく焼いていった。

「焼き豚同様、牛肉の旨味を閉じ込めるためですね」

季蔵の言葉にお光は頷いて、小鉢にとった牛酪に微塵《みじん》に切ったローゼマラインを混ぜ、焼き付けて色が変わり、やや冷めかけている牛もも肉の塊の表面に丹念に塗っていく。

「イブキジャコウソウでもいいんですが、ローゼマラインの方がまだ、手に入りやすいでしょうから。それから牛酪で肉の表面を覆うのは、火の伝わり具合を強すぎず、柔らかなものにするためです」

「焼き豚とは異なる手順ですね」

季蔵が洩らすと、

「同じ肉の焼き物でも、ややもすれば肉の旨味が一本調子な豚は、醤油味の汁を染みこませて焼き豚を作るのですが、牛の方は繊細にして芳醇《ほうじゅん》な旨味を生かすために、出来得る限り、肉本来の味で勝負するんです。それには何より焼きすぎが禁物です。ざっと火は通っているものの、切り分けた時、血が滴り落ちるぐらいがいいんです」

お光は言い切った。

牛もも肉の塊を焼いた鉄鍋に、葱の青い部分や人参の皮、さきほど、茎だけを牛酪煮に使った阿蘭陀三つ葉の葉等の香味野菜が、牛肉の焼きすぎを防ぐために敷かれた。石窯で四半刻強焼いて仕上げる。

少し早いかなと思うくらいで石窯から出して、余熱で温める。肉の繊維を断つように切ってみて、血が滴りすぎると感じたら、奉書（楮《こうぞ》を主とする厚手の紙）で包んで四半刻弱保温する。

「焼きすぎが心配な時はこれが一番です」

季蔵は出来上がった焼き豚ならぬ、焼き牛の一切れを口に運んだ。茶色にタレが染みた焼き豚と異なり、綺麗なさくら色に肉の色が残って焼き上がっている。

「柔らかいですね、それに心と身体がふわふわしてくるほどに何とも美味い」

季蔵が思わずため息をつくと、

「これは冷めても柔らかで風味が保たれます。拵えて何日も楽しめる逸品で、当初は出島への出入りが許されていたエゲレスでは、最高のもてなし料理の一つとされています。冷めた時は特に、焼き汁で作るタレや西洋わさび（ホースラディッシュ）が欠かせないそうですが、わたしたちは刺身に付き物のわさび醤油でも、充分美味を堪能できます」

お光は微笑んで頷いた。

こうしてやっと与の重の試作も仕上げることができた。

焼き豚と青物の牛酪添えは食べ盛りの子どもがいる辰吉に、〝一家で大食い競べをしていただけるとうれしいです〟と書いた紙を添え、豚肉の高野豆腐粉まぶし揚げ牛酪風味は、〝牛酪は別添えしておきますので、浅い鉄鍋で豚肉の高野豆腐粉まぶし揚げを温めてから、上に載せてとろーりと溶けたところを召し上がれ〟と食べ方の秘訣を書いた。

牛もも肉の天麩羅は、〝これぞ、お奉行様がお望みだった牛の旨味のはずです〟と書いて烏谷に、猪の唐揚げは〝牡丹《ぼたん》鍋をこよなくお好きなご隠居に〟と記して喜平に届けた。

沢山できた焼き牛の方は五切れほどを、思いついた焼き牛丼《どん》の作り方を書き添えて、田端と松次に各々贈ることにした。

――これはきっと酒飲みも下戸も共に楽しめる食べ方だ――

書き添えた文面は以下である。

焼き牛丼の作り方はまず、丼《どんぶり》にご飯を盛り、刻み海苔《のり》と晒してよく水気を切った白髪葱をのせる。薄く切ってある焼き牛と温泉卵をのせて、わさび醤油、または梅風味の煎《い》り酒《ざけ》をかけまわして食する。

ここで、食通の松次はともかく、田端の妻で元娘岡っ引きの美代《みよ》は、温泉卵の作り方で悩むかもしれないと思い立ち、こちらも作るコツを書いておくことにした。

深鍋に湯を沸騰させたら、必ず火から下ろして湯呑み一杯の冷水を加えてから卵を入れる。蓋をして七百八十まで数え、取り出して百八十数えて余熱のなすままとする。それから、丼に載っている焼き牛の中ほどにその卵を割り入れると、うっすら雪を抱いた富士の山頂のように見える温泉卵が出来上がる。

残った焼き牛は刺身の代わりに品書きに入れて、〝ただし、品切れ次第終了〟と断った。焼き牛とはいったい何だろうという珍しさもあって、店を開けて二日と経たないうちに拵えた塩梅屋の焼き牛は残り僅かとなった。

正月の五日、油障子を開ける音がして、声掛けもなく、松次と田端が季蔵の前に立った。

お光は今日は休みである

「遅ればせながら――」

季蔵が微笑みながら新年の挨拶を口にすると、

「ああ、まあな」

田端は俯いて受け流し、

「そうめでたがられても困るんだよ」

松次は緊張した面持ちで眉を寄せ、

「焼き牛丼はとてつもなく美味かったよ、ねえ、旦那」

相づちをもとめられた田端は、

「家族が喜んでいた、礼を言う」

言葉とは裏腹に鋭い目を向けた。

「新年早々、市中で何か起きたのですか？」

季蔵は真顔で訊いた。

「さめ善の元奉公人のところへ身を寄せていた内儀のおはんが、毒を盛られて殺されかけたのだ。おかしいと感じて吐き出したのが幸いだった」

田端は季蔵の顔に目を据え続けた。

「毒は何に入っていたのです？」

「それというのが、卵かけ飯でね、他の連中は正月の餅で雑煮を食ってたんだが、おはんは餅は食べ飽きたと言いだして、あんたから届けるよう頼まれたっていう、煎り酒を割った卵に混ぜて飯にかけたんだそうだ」

松次は捜《さぐ》るような目で季蔵を見た。

「なるほど――」

――二人の様子がいつものようではなかったのは、わたしに毒殺を仕掛けた嫌疑がかかっているゆえだったのだ――

「うちの煎り酒をどうしても欲しいという方々もいらっしゃいますので、注文を受けてお届けすることはあります。たしか、さめ善さんにも買っていただいています。けれども、元奉公人のところで新年を迎えたという、さめ善のお内儀さんには、こちらからお届けした覚えはありません」

季蔵はきっぱりと言い切って、

「それより、塩梅屋を騙《かた》って、元奉公人のところにいるさめ善のお内儀さんに、塩梅屋のではない、煎り酒を届けた者のことが気になります。どんな様子の者だったのでしょう？」

田端と松次を涼しい目で代わる代わる見据えた。

「使い走りは若い男が多いから、よほど目立つ様子でない限り、誰も覚えちゃいねえよ」

松次は苦く笑った。

——またしても若い男か——。その若い男は、弟子志願を装って近づいたお冬さんを悲嘆に暮れさせ、吉右衛門さんともども奈落へと落としただけではなく、必死に行方を捜している身内だからと相手を得心させ、言葉を写した文の行間に、血が滲んでいるようなきよ乃さんの来し方を読んでいる。そして、とうとう、きよ乃さんが好太郎さんの元を去ることになった元凶である、おはんさんを殺《あや》めようとした？ そうだとしたら、その若い男はきよ乃さんのために、さめ善の主一家に憎悪を募らせている？ もしや、嵯峨屋仁右衛門が自死して、さめ善の主夫婦の首を刎《は》ねさせようとしたこととも、密に関わっているのでは？——

季蔵はまだ、松次たちに、勘三に聞いて妙誠寺を訪れたこと、好太郎の恋女房だったきよ乃の、さめ善との因縁としか言いようのない、辛酸話はしていない。

——しかし、今、その話をしたところで、かえって糸をもつれさせるだけだろう——

二人はまだ、床几《しょうぎ》に腰を下ろそうともせずに立ったままでいる。

「それではまいりましょうか」

季蔵は襷《たすき》を外した。

「お奉行様、直々にお取り調べになられるとのことだ」

そう告げて田端は季蔵に文を渡した。


今年初の調べゆえ、奉行所の奥座敷にて待つ。牛肉の天麩羅は堪能した。くれぐれもさらに美味なる年賀の品を、酒ともども忘れぬように。

烏谷

――焼き牛のことだな。さすが早耳だ――

季蔵が残った焼き牛を重箱に詰め、山葵《わさび》とさめ善の山葵おろし、煎り酒、新酒の入った大徳利を風呂敷《ふろしき》に包んでいると、お光の印象の薄い平坦《へいたん》な顔が浮かんで消えた。念のため、作り置いてある煎り酒の瓶を確かめたが、梅、鰹、味醂《みりん》と三種あるどの瓶の量も減ってはいなかった。

――よかった――

季蔵はほっと胸を撫《な》で下ろして火の始末をし、店を出た。

田端と松次の二人は後ろを歩いて、季蔵が北町奉行所に行き着くのを見届けようとしていた。

奉行所の門の前に立った時、小走りに近づいてきた松次が、

「因果なお役目だよ、俺も田端の旦那もあんたを疑いたくなんてねえんだから」

耳元で囁き、その目は幾分潤んでいた。

奉行所の烏谷は中庭が見渡せる奥座敷に居て、

「寒い、寒い、また、雪が降るぞ」

大きな身体をくの字に曲げて股火鉢で暖を取っていた。

「まあ、座れ」

季蔵が下座に座ると、

「今日は耳が遠くて難儀だ、それに小腹も空いてきたが、茶などは要らぬぞ、極上の新酒を持参してきただろうな？」

廊下へ向けて大声を上げると、自分に近づき、風呂敷の包みを解くようにと烏谷は両手で示した。

十

焼き牛が詰められた重箱の蓋が開けられると、

「なるほど、これが頭から牛の角が生えてでも食べたいという、牛肉の宝だな」

烏谷は早速、箸と盃を交互に手にしてまずは何もかけずに半分を味わい、残った分は山葵と梅風味の煎り酒で食した。

烏谷にしては意外にゆったりとした食べっぷりであり、

「旨い、旨い、このまま牛になってもいっこうにかまわない」

さらにまた大声を上げた。

この間にややざわついていた奉行所の中がしんと静まり返った。

「やっと行きよったな」

烏谷はやれやれと肩をすくめて、

「北町奉行所恒例の新年を祝う会があるのだ。仕事始めは十七日だから、その前に今年もつつがなく過ごせるようにということだ。この日ばかりは、奉行のわしが皆と一緒に一日を過ごすように決められている。もちろん酒も入り、昼間からの宴席ゆえ、わしが御輿《みこし》を上げないと、他の者たちは遠慮してなかなか料理屋へ行ってはくれぬので厄介だった。そこで評判の焼き牛を堪能しつつ、一足先に酒を楽しんでいると報せて、やっとうるさい奴らを追い出せたというわけだ」

季蔵の顔に大きな目を据えた。

「そのような日にわたしをお呼びになったのですから、よほどのご用だったのではないかと――」

季蔵はおはんを殺そうとしたとして、理由を問われるのだと覚悟している。

「おはんは取り乱してはいるが、〝急に気分が悪くなって卵かけ飯を吐き出しました。かけた煎り酒は、塩梅屋でもとめているものではないような気もしたのです。おやっとも思いました。味が違うと感じたのは毒のせいではありません〃と言い切っている。もとより、そちを疑ってはおらぬが、疑わしき者がそちの近くにいることは間違いない。なぜなら、さめ善の娘おいくの話では、おはんが元奉公人のところで正月を過ごしているのを知っていたのは、自分とそちだけだというからな。心当たりはないか？」

季蔵はふとお光の後ろ姿を思い出した。

――背中に目がついているようなあの隙の無さは尋常ではなかったが――

お光の包丁がもんじを鮮やかに切り分ける様子も目に焼き付いている。

――多少、風変わりだとはいえお光さんは料理人だ――

「これといった心当たりはありません」

「ならば、今からわしがそちの見たことも、聞いたこともない話をするゆえ、おいおい、心当たりを思い出してもらうことにしよう」

言い放った烏谷の目は怖いほど見開かれている。

「この世には普通の暮らしをしている者たちからすれば、はかりしれない者たちの処世がある。伊賀や近江は長きに渉《わた》り、忍びの者たちが血脈を続けてきているが、もちろん、仕えてきているのは将軍家だけではない。また、士分のように忠義を捧げる相手が、常に決まっているわけでもない。多くの忍びたちは時と場合によって、目まぐるしく雇い主を変える。そのためには忍びでありながら、忍びとわかる暮らしぶりはしていない。忍び商人もいれば、忍び職人等もいる。最も高等な女の忍びは表向き、華道や書画の他に紙花造りの師匠の技を習得し、相応の優雅な様子で、大身の旗本や大名家に入り込み、雇い主の要望を果たすのだと聞いている。もっとも、わしが酔狂で本屋を廻り、女忍びの心得の一つである紙花の造り方を書いた〝桜紅葉都錦〟を見つけ出したのは偶然だがな。代々江戸城の書庫に勤めていて、〝桜紅葉都錦〟について知る者の話では、京が平安京と呼ばれていた昔より伝わる〝桜紅葉都錦〟の作者松栄軒花は、遊女にして女忍びであったとか——。軒花は見目形に優れ、頭も忍びの術もたいそうなものだというが、それが脈々と引き継がれてきていて、今では軒花のような女忍びを花忍びと言うそうだ。当代の花忍びの頭はお玲《れい》という者だが、花忍びの頭のみならず、女忍びの長でもあるようだ。だが、人相はもちろん年齢《とし》もしかとはわからん。しかし、数えるに、相当の年齢のはずだ」

「まさか」

「うむ。まず間違いなかろう。お玲の二の腕の傷が嵯峨屋仁右衛門と騙った老女の骸のものと同じ大きさ、同じところだからだ」

「なぜ、お玲さんの傷のことをご存じなのですか？」

「まあ、そう急《せ》くな。先にお玲のことを話そう。お玲は丹後《たんご》国長野《ながの》播磨守忠宗《はりまのかみただむね》様の御家中で奥方様相手に、特命を帯びつつ、紙花造りの指南に励んでいた頃、一時姿を消し、また現れている。花忍びがこのような動きをする時は、身籠《みご》もり、赤子を産み落としたという証なのだそうだ。むろん女忍びに出産は御法度なのだが、色で相手を籠絡《ろうらく》することもあるとなれば、これもまた自然の摂理だ。特に花忍びはとにかく並み外れて美しいので、男たちが放《ほう》ってはおかない」

「子を生《な》した相手はもしや――」

「むろん、播磨守様だ。しかし、将軍家の姫が望んで嫁したという忠宗様はお若く、りりしく聡明で、たいそうな美丈夫ではあったが、お玲が再び姿を見せた直後、病死している。嫉妬《しっと》深い奥方様が仕組んだという説もあったが、それがお玲に課せられた特命であったかもしれぬ。このあたりのくわしいことはわからない。わかっているのは、播磨守様のご逝去と共にお玲は忽然《こつぜん》と姿を消し、二度と姿を見せなかったということだけだ。傷のことだが、生前、播磨守様が何かの拍子にお玲の二の腕の傷をご覧になって、何といたわしいことといつも気になさっていたそうだ」

「それではお玲さんは誰かに頼まれてあのようなことを？　お玲さんの生んだ子はどうなったのです？」

「尾張町の銭両替商保田屋《やすだや》の養女となった。保田屋はその頃、飛ぶ鳥を落とす勢いだったが、子がなく、夫婦は美形に育つとわかっている子を、大奥に上げてお腹様にしようという、さらなる野心に燃えていた。それで善右衛門はお玲が生んだ女の子を預かって、保田屋へ斡旋《あっせん》した。むろん、抜け目なく、お玲と保田屋からたいそうな金をせしめたことだろう」

――これはもしや――

季蔵はきよ乃の言葉が記された手控え帖を思い出したが、

――しかし、娘を大奥へ奉公させ、お腹様にして将軍家とつながり、のし上がろうとする商家の主は多い。まだ、これだけではきよ乃さんが保田屋の養女だったとは言い切れない――

「ということは保田屋さんも、さめ善の善右衛門さんもお玲さんと同じ忍びだったのでは？」

「そうだ。保田屋と善右衛門は忍び商人だった。忍び商人は忍びの術を駆使して財をなした者たちで、忍び仲間の天下取りとも言われているが、叩けば必ず埃《ほこり》が出る身、少なからず盗賊仲間とも縁があったはずだ。ただし、こちらが相手を知っている以上に、相手もこちらを熟知している。たとえば普請の金の出処は全部が全部、白日に晒せるものではない。奉行のわしが多少の便宜をはかってやった見返りであったりする。それも含めて、あちらはこちらを脅かす取り引きのネタを山ほど握っている――」

――お玲さんに嵌《は》められて打ち首になりかけた時、お奉行様が善右衛門さんの無実を晴らそうとしたのは、天衣無縫な心意気を好ましく思っていたからではなかったのだ――

「しかし、善右衛門はお玲さんと会ったことがあるはずでしょう。それなのに、取り引きを申し出てきた嵯峨屋仁右衛門が、花忍びだと気づかなかったのでしょうか？」

「花忍びは最強の忍びと言われているのだそうだ。相手を斃《たお》す必殺技があって、それゆえそう呼ばれるのではない。花忍びには忍びの仲間にも見破れない、自在化けの特技が備わっているのだという。自在化けとは女から男へ、老いも若きも、自在に化け通すことができる、生まれながらの資質とたゆまぬ鍛錬、工夫によって磨き抜いた技だそうだ。それに何より、欲に目が眩《くら》んだ善右衛門には、忍びとしての勘が働きにくくなっていたのだろう」

「実は――」

そこで季蔵は勘三の手控え帖に記されていた、きよ乃の生い立ちとさめ善との因縁話を手短に話した。

「お玲さんはずっと遠くから、何年も何年も播磨守様との子を見守っていたのだと思います。老いてなお案じられてならず、善右衛門が主夫婦亡き後、保田屋をも手中におさめたところまでは知っていたはずです。きよ乃さんがさめ善に引き取られたところまではわかってほっとしたのも束《つか》の間《ま》、きよ乃さんは行方知れずになってしまいました。やっきになって捜したことでしょう。ところが、お玲さんは配下の者が書き写したきよ乃さんの話を読んでしまったのです。お玲さんは、こともあろうに善右衛門さんが、きよ乃さんを慰みものにしようとして叶《かな》わないとわかると、追いだして路頭に迷わせてしまった上、さめ善の主家族やおいくさんの許婚の吉右衛門さんが、きよ乃さんに辛い想いの数々をさせたことを知ります。ここに及んで、お玲さんは、もう、娘はこの世にいないものと思い、己の命を犠牲にしてまで、あのような凄惨《せいさん》な形の復讐《ふくしゅう》をしたのです」

「何と――」

烏谷はまず絶句してみせ、

「そして、その配下の者がお玲が果たせなかった復讐を続けているというのだな?」

心当たりがあるはずだとばかりに、じろりと季蔵の心を見透かす目になった。

「まだ、それは――」

ももんじ料理を指南してくれたお光が罪を犯していたとは、断じて、季蔵は思いたくなかった。

「女忍びの中には料理を特技に持つ者もおる。男の料理人に化けることができるので、どんな厨にでも自在に出入りできる。男の姿で入って、毒を盛った後は素知らぬ顔で、女になって出てくればわかろうはずもないからな。女忍び料理人は重宝がられているとのことで、中にはどんな料理にも長《た》けていて、乞われてさまざまな地へと出かけていく、卓越した者もいるという。また、それだけではなく、阿蘭陀人との取り引きを有利に導くため、出島くずねりに化けて、邪魔な相手の息の根を止める者さえいるというのだから驚きだ」

――お光さんは出島くずねりと比べても引けを取らないほど阿蘭陀料理に通じていた――。

気持ちが重くなっていくばかりの季蔵に、

「女忍びである印は袂にいつも入れている、紙花の彼岸花だそうだ。何があってもこの紙花を潰さずに持っていなければならず、それには常に自分が女忍びであるという自覚と、驚くほど軽く、淑《しと》やかで敏捷《びんしょう》な身のこなしを保ち続けなければならないのだという」

烏谷は駄目押しをするかのように告げた。

――もう、疑う余地はない。お光さんがお玲の復讐を引き継いでいたかのようだった、あの若い男なのだ――

「わかりました、お話しします」

季蔵は初めてお光についての話をした。

「自分を塩梅屋へ推挙せざるを得ないよう、漬物茶屋のおしんに仕向けたのは、そちの裏稼業とわしとの関わりを知ってのことだろう。そちの動きを見ていれば、頭のお玲が果たせなかった復讐を成し遂げられると目論んだのだ」

季蔵は行き先を見張られ、おいくとの話も立ち聞きされていたことは間違いなかったが、なぜか、不思議にお光を憎む気にはならなかった。

――あれほどもんじ料理にまで通じている人がどうして、このような血なまぐさいことを――

「頭が死しても託された配下の者が、復讐に執念を燃やし続けるとは、なまじ私怨であるだけに、女忍びたちの絆《きずな》の強さ、深さは毛が逆立つほど怖いのう――」

烏谷は大袈裟にぶるぶると震える真似をしつつ、

「皆が待っておる、そろそろわしも宴席に行かねばな」

巨体に似合わない以外な身軽さで立ち上がり、

――お光さんに会って、これ以上罪を犯すことを止めさせなければ――

季蔵は奉行所の裏口に急いだ。

十一

季蔵は初めてお光の住む長屋を訪れていた。かみさんたちは井戸端で洗濯をしながら、白い息を吐いてあれやこれやと他愛のないことをしゃべり続けていた。

かみさんたちに名乗って丁寧に頭を垂れた季蔵は、

――そもそもここは偽った住まいなのかもしれないし、ここではお光とは名乗っていないだろう――

「若い兄と妹、または姉と弟が住んでいるはずなのですが――」

まずは訊いてみた。

「あれ、どっちなんだろうねえ」

一番の年嵩《としかさ》が首をかしげると、

「あたしは兄さんと妹だと思う」

「あら、違うわよ、姉さんと弟よ」

「兄妹」

「姉弟」

若い方の二人が声を荒らげて目と目を衝突させた。

「あたしゃ、どっちとも言えないね。だっていつも別々に長屋から出入りしてて、一緒に居るのは見ちゃないんだから。あんたたち、どうでもいいことで角ばるんじゃないよ」

年嵩は二人をたしなめ、

——よかった、お光さんの住まいはここだった——

季蔵は安堵した。

「あの一番奥だよ、ここんとこ、どっちの顔も見ないけどね」

季蔵は年嵩のかみさんが指し示した油障子の前に立った。

「お光さん、いますか？　わたしです、塩梅屋の季蔵です」

もう一度同じ声掛けを繰り返したが応えはない。思いきって油障子を開けた。

土間は掃き清められて、よく片付いてはいるが、布団の類《たぐい》は無い。竈に上には梅干しの入った鍋と大徳利がそのままになっていた。煎り酒は酒に梅干しを加え、煮詰めて拵える。

——ここでお光さんは煎り酒を作っていたのだ——

急に季蔵は物悲しくなった。塩梅屋のものを真似て作った梅風味の煎り酒に、お光が毒を仕込んだ事実を目の当たりにしたような気がしたからである。

板敷には食紅を溶かした小皿と小刷毛《こばけ》、赤く染められて花弁の形を切り取られた紙が散らばっている。それから五つもの彼岸花——。

——若い男に化けていたお光さんは、お冬さんのところで、女忍びの証の彼岸花を落としてしまったので、代わりを作ったのだ。なかなか気に入った彼岸花が作れずに作り続けたのだろう——

季蔵は水の入っていない瓶の中が気になった。丸めた紙が見えて、引き出して伸ばすと達筆の字面が読めた。

娘を不幸にしたのは、阿蘭陀正月の料理を毎年届けていた銭両替の保田屋や、さめ善の家族たち、東金屋《とうがねや》吉右衛門だけではない。親切ごかしに追い詰めた他の者たちにも、炎が草地を焼き尽くすように、徹頭徹尾、死ぬか、死ぬ以上に苦しむ罰を与えるように。

玲

——お玲さんは阿蘭陀正月の料理を、母と名乗ることのできないきよ乃さんに届けていたのだ——

この時、季蔵は瑞千院《ずいせんいん》が行き倒れの桃江《ももえ》にかけていた言葉を思い出した。

「もしかして、そなたは阿蘭陀正月の料理を知っているのではないかしら？」

——きよ乃さんにとって、毎年の珍しくも美味な阿蘭陀正月の料理は、数少ない楽しい思い出だったに違いない。きよ乃さんはあの桃江さんだったのだ——

季蔵はお光の長屋を出て走った。

——親切ごかしに追い詰めた他の者たちとは、おはんさんも力を貸していたお助け衣のことを指しているのではないか。お光さんがお玲さんの書き遺《のこ》した通りに、瑞千院様たちにまで復讐しようとしているのだとしたら大変だ。お玲さんの子であるきよ乃さんの顔を知らないお光さんは、慈照寺《じしょうじ》で殺傷沙汰に及ぶのでは？——

季蔵が目指しているのは好太郎の住むいなご長屋であった。

「好太郎さんっ」

勢い込んで油障子を開けると、

「いったい、どうなすったんです？」

酒粕の甘酒を煮立たせていた好太郎が怪訝そうな顔で出迎えた。

「一緒に来てください、理由は後で話します」

「わかりました」

好太郎は居合わせていた年嵩の男の子に木べらを渡して雪駄に履き替えた。

まだ、多少足を引きずっている。

「わたしの背に乗ってください」

季蔵は好太郎の前に屈《かが》み込んだ。

「でも——」

ためらう好太郎を、

「とにかく急ぐのです。走らなければなりません」

「わかった」

季蔵は促して背中に乗せた。

力の限り走り、好太郎の重みは気にならなかった。

やっと慈照寺に辿《たど》り着いた。

山門を入ってもなお走り続ける。

本堂の前に佇《たたず》む人の後ろ姿が見えた。着物の柄でお光とわかる。出迎えているのはきよ乃で、お光の右の袂が微《かす》かに揺れて光った。

――匕首《あいくち》だ、危ないっ――

この時、ふっと季蔵の背中が軽くなった。飛び降りた好太郎がまっしぐらに本堂に向かって走った。きよ乃の前に立ちはだかる。お光の右手がぎらりと光った。好太郎の肩先がぐらりと揺れる。真っ赤な血が雪を染めていく。だがまだ、きよ乃を庇って懸命に立っている。

お光の右手はまだ光っている。光りの先端が毒蛇の頭のように、襲いかかる隙を虎視《こし》眈々《たんたん》と狙っている。

――よしっ――

光りが弧を描いて、さらに輝こうとしたその刹那《せつな》、季蔵は咄嗟に雪を被《かぶ》った小枝をその右手めがけて投げつけていた。匕首が雪の中に吸い込まれた。

「お光さん、止めるんだ。この女はきよ乃さんだよ、お玲さんのお嬢さんなのだから」

この時、お光の後ろ姿が一瞬よろけ、次には周囲に吹雪を想わせる雪煙が上がった。

「やっと会えたね、きよ乃」

「好太郎さん、あなた――」

抱き合う二人が見えた時には、すでにお光の姿はどこにも無かった。

幸いにも好太郎の肩口の傷は浅く、この後、医者が呼ばれて傷の手当を受け、二人はしばらく慈照寺の瑞千院の許《もと》に留《とど》まることとなった。

阿蘭陀御節供料理を納める女正月が迫った頃、やっと三吉《さんきち》は長屋の人たちの介抱から解放され、おき玖が看《み》ていた蔵之進も出仕できるほどに恢復《かいふく》した。

二人は季蔵の指示の下、阿蘭陀御節供料理作りを手伝うことになった。頼んであったももんじ屋からさまざまな肉が運ばれてきた。気味悪がるだろうかと季蔵は懸念したが、

「わあ、すごーい。お見舞いに届けてくれた野鴨の丸焼きは最高だったけど、豚や牛、猪でも美味しい料理ができるのが阿蘭陀風よね。楽しみ、楽しみ」

おき玖は無邪気に歓声を上げた。

「お菓子の方はおいらに任せてくださいね」

三吉は張り切り、

「くれぐれも摘み食いはしないこと」

おき玖に釘を刺された。

前日、永田屋《ながたや》から輪島塗りの立派な重箱が、摂津屋《せっつや》からは、上質なクロモジが使われて繊細に編まれている籠が届けられてきて、当日、無事、二十軒分の阿蘭陀御節供料理が瑞千院の許《い》へ納められた。

傷が癒えた好太郎は、毒が残って歩けなくなったおはんが、矢のような使いを出して勧

めても、決してさめ善には戻ろうとはしなかった。きよ乃と共に仲間の待つ長屋へと戻り、まだまだ続く寒さを好機と見なして、酒粕の甘酒を売り続けている。

この場に及んでも、さめ善に戻らなかった好太郎の気概に、季節寄せの元締めはいたく感心して、縄張りの一部を、好太郎と腹を空かしている子どもたちのために明け渡してくれた。

そして、もちろん、言うまでもなく、好太郎ときよ乃の大きな楽しみは、夏には生まれてくる子どもであった。

毎晩、飲めや歌えを続けていた善右衛門は、とうとう不摂生が過ぎてある日を境に、話すことが一切できなくなった。

好太郎を取り戻せなかったおはんは、気鬱が酷くなり、この二人の世話はおいくがさめ善を切り盛りしながら引き受けている。

善右衛門の無茶な先物買いが病を得て止まったおかげで、さめ善は店を畳むことなく、何とか、立て直すことができそうだという。

如月《きさらぎ》に入ったある日の朝、不思議になつかしい匂いに誘われて季蔵は目を覚ました。古びて色が落ちた匂い袋と一緒に文が添えられていた。お光からのものであった。

阿蘭陀御節供料理は無事配られたようで安堵しました。わたしは変わらず元気に働いています。

わたしたちは好太郎さんを誤解していました。好太郎さんがあのように良い人であるとわかり、愛されている異父妹のきよ乃の幸せを見てとりました。これで、お頭でもあり、実母でもあったお玲様が命と引き換えてまで貫いたお心に添うことをやり終えたのが何よりでした。

お玲様がきよ乃の幸せに固執して、あり余る愛を注ぎ続けたのは、生涯かけて丹後国長野播磨守忠宗様を慕っていたからだと思います。

ところで、わたしはお玲様と善右衛門の間に生まれた双子の片割れなのです。あなたと一緒の時はことさら、素顔に見せる化粧や表情で顔を変えていたので、お気づきではなかったと思いますが、あのおいくさんはわたしの双子の妹です。わたしの素顔は善右衛門似のおいくさんに似ています。

ですので、きよ乃さんをいたぶったことのあるおいくさんではあっても、お玲様は厳しい裁きを与えず、不実とはいえ思慕して止まない吉右衛門を、この世から葬ることに止《とど》めたのです。

それから、おはんさんは実子でないおいくさんに心ならずも、辛く当たることもあり、おいくさんは心を嫉《ねた》ませることもあったのではないかとも、人の心の有り様に通じているお玲様は思っていたようです。

文に添えたのは、いつぞや、あなたにお持ちした阿蘭陀三つ葉の種です。お玲様は若気の過ちで善右衛門との間に生まれてしまったわたしたちを、一人ずつ引き取ると決めた際、それぞれに拵えた匂い袋に阿蘭陀三つ葉の種を詰めて、おいくさんとわたしに持たせたのだと聞いてわたしは育ちました。

ちなみに阿蘭陀三つ葉は、勇猛果敢なあの清正公《せいしょうこう》（加藤肥後守清正《かとうひごのかみきよまさ》）が慶長《けいちょう》年間に朝鮮より持ち帰ったものとされ、忍びの間では尊ばれているのです。

おそらく、もう、おいくさんはとっくに失くしてしまっているでしょう。それでいいのです。今や、おいくさんはしっかり者でさめ善の屋台骨を背負っていると評判です。生い立ちなどおいくさんは何も知らず、女商人として、強く逞しく生きて行ってほしいです。

わたしもこれを機に忘れようと思いましたが、お玲様、母の心が籠もったものゆえ、捨てることまではできず、あなたを思い出して届けることにしました。気が向いたら、雪の消える頃、土に播《ま》いてみてください。白く小さい清楚《せいそ》で可憐《かれん》な花が咲きます。風味も香りも茎や葉同様で、見た目とは違って強烈です。

最後にわたしが拵えた煎り酒は、あなたに敵《かな》わず、おはんさんに見破られてしまいました――。いつかあなたを唸《うな》らせることのできる煎り酒を作りたいものです。

季蔵様　　　　光

この文を読んだ季蔵はしばらく複雑な想いであった。

——できれば、お光さんには女忍びなどは止めて、料理人として生きて、普通の幸せを摑《つか》んでほしい。とはいえ、女忍びの娘として、頭領の座を継ぐことになれば、それはままならぬのだろうが——

その翌日、久々に空が晴れて季蔵は瑠璃《るり》のために作った梅型のクウクを手土産にして、南茅場町へと向かった。

クウクの入った重箱の蓋を取ったお涼は、

「あら、また？」

笑顔で首をかしげた。

「それなら、臨時に塩梅屋を手伝っているという女の人が、大晦日にわざわざ届けてくれましたよ、たしか、お光さんっていう名でしたっけ、それでね——」

——あのお光さんが？——

一瞬、季蔵の心を不安がよぎった。

お涼はいつものように瑠璃のいる座敷へと案内してくれた。

瑠璃は無心にやや大きめの梅の紙花を造り続けている。

「型紙を使って枝も拵えると、実物そっくりの小さくて白い梅の花なんですよ。それが、瑠璃さんときたら、椿の時と同じで、季蔵さんの作ったお菓子の梅の花に似せて造ってるんです。梅の花もこのくらい大きい方が華やかで明るいから、わたしは瑠璃さんの造る方が好き。そして、これほど見事に造れるのは、季蔵さんの心が瑠璃さんに通じてるからだわ、絆よ、絆――」

お涼は目を潤ませ、瑠璃は季蔵に向けて、にっこりと微笑んだ。

――この瑠璃だけは幸せにしなければならない――

この時、季蔵は、染みついていた阿蘭陀三つ葉の種の強烈な香りがさっぱりと消えて、馥郁《ふくいく》たる梅の香りが、クウクを模した梅の紙花から漂い出てきたように感じた。

〈参考文献〉

『紙でつくる江戸の花　簡単手わざで楽しむ江戸百花の世界』エキグチ　クニオ著（誠文堂新光社）

『江戸料理読本』松下幸子著（ちくま学芸文庫）

『紅毛雑話・蘭説弁惑』森島中良・大槻玄沢著（生活の古典双書）

時代小説文庫
わ 1-39

阿蘭陀《おらんだ》おせち 料理人季蔵捕物控《りょうりにんとしぞうとりものひかえ》

著者 和田《わだ》はつ子《こ》

2016年12月18日第一刷発行

発行者 角川春樹

発行所 株式会社 角川春樹事務所
〒102-0074 東京都千代田区九段南2-1-30 イタリア文化会館

電話 03(3263)5247[編集] 03(3263)5881[営業]

印刷・製本 中央精版印刷株式会社

フォーマット・デザイン&シンボルマーク 芦澤泰偉

ISBN978-4-7584-4057-8 C0193

http://www.kadokawaharuki.co.jp/[営業]
fanmail@kadokawaharuki.co.jp[編集] ご意見・ご感想をお寄せください。